中国年度优秀诗歌

2021卷

杨志学 主编
董进奎 副主编

新华出版社

图书在版编目（CIP）数据

中国年度优秀诗歌 . 2021卷 / 杨志学主编 .
-- 北京：新华出版社，2022.3
ISBN 978-7-5166-6221-2

Ⅰ . ①中… Ⅱ . ①杨… Ⅲ . ①诗集－中国－当代
Ⅳ . ①I227

中国版本图书馆CIP数据核字（2022）第044173号

中国年度优秀诗歌 . 2021卷

主　　编：杨志学	
责任编辑：李　成	封面设计：李尘工作室

出版发行：新华出版社
地　　址：北京石景山区京原路8号　邮　　编：100040
网　　址：http://www.xinhuapub.com
经　　销：新华书店、新华出版社天猫旗舰店、京东旗舰店及各大网店
购书热线：010-63077122　中国新闻书店购书热线：010-63072012

照　　排：臻美书装
印　　刷：天津文林印务有限公司

成品尺寸：150mm×230mm　1/16
印　　张：24.5　　　　　　　　字　　数：310千字
版　　次：2022年3月第一版　　印　　次：2022年3月第一次印刷
书　　号：ISBN 978-7-5166-6221-2
定　　价：58.00元

版权专有，侵权必究。如有质量问题，请与出版社联系调换：010-63077124

序言

以诗学标准采撷诗的果实

杨志学

我们又一次站在了一个新的十年的起点。

这里我用"我们"而不是"我",是因为在"我"身后有我的编委会团队,有给予我指导的尊敬的顾问,还有让这个选本得以问世的新华出版社,甚至有默默投来关注与期待目光的无数读者。我要说一声:谢谢!

这是新华版《中国年度优秀诗歌》的第十一部出版物了。这是十年之后的再次出发。所以我想应该写点什么。

我要为这部年度诗歌选本再次写序。回首 2011 年这个选本刚刚诞生时,我曾写下了题为《中国诗歌:缤纷又一年》的序言,这篇序文当年还以《诗歌缤纷又一年》的题目登上了《人民日报》大地副刊。随后的十年中,这个选本多数时候没有序言。究其原因,主要是觉得没有多少有新意的话想要表达,同时也常常觉得言不尽意,不如让诗歌本身来说话和呈现更好。

是的,一个有经验的诗歌读者,应该一眼就能够看出某一个诗歌选本,是不是一个有特点有创意的选本,是不是一个值得信赖的选本。他只需要看选本里的诗就行了,甚至浏览其目录编排就能大致得出结论。

在走过十年的编选路程之后,我脑子里也闪出这样的问题:在当下多种年度诗歌选本中,我们这个选本有什么理由存在？又为什么能够存在？

在前几年的新书发布会上，我曾经不止一次地阐述过这个选本所坚持的理念，我把它概括为以下几个方面的坚持——

坚持了选稿的丰富性、差异性和包容性的原则，力图全面客观真实地呈现当下诗歌创作的景观和态势；

坚持了诗歌的审美标准，注重入选诗歌的形式感和艺术含量；

坚持了来稿与约稿相结合，多渠道、多媒质地汇集诗稿，最后由主编行使裁决权力和把关责任的编选流程，以及责任编辑全程负责的编辑出版制度；

坚持了做一本有特色、有风格、有品质、有亮点的诗歌选本的理想追求；

坚持了不断发展完善，延续中有变化，稳定中有创新，宽松而又严谨的编辑态度。比如，说到严谨，我有一条要求就是，每一首入选的诗都要标明精确的出处即发表信息，包括在网络公众号上发布的诗作。十余年来一直如此。

这就是我们的选本多年的坚持与追求，其中最核心的一条是坚持诗歌的艺术审美标准。应当肯定，我们的坚持结出了累累硕果。

也曾经有人问我：你如何看待当下诗歌的创作、评论、编选、传播等各个环节？这里面是不是既有官方的立场，又有民间的立场？对此你是怎么看的？你本人又秉持了怎样的立场？

我想这样来回答：所谓官方立场和民间立场的划分未必科学，有时候可能是你中有我、我中有你。理想的状态应该是官方与民间的和谐统一，而不是二者的割裂和对立。它们之间是相互渗透的，也是互为补充的。至于我本人，既不能说我的立场是可以代表官方的，同时也不能说我的立场就是限于民间的。如果让我表明自己立场的话，我倒是倾心于诗学的立场。

是的，我们应当从诗学的也即审美的立场出发，这样方能发现好诗，选出好诗。

纵观当下诗歌的发展态势，不难感觉到，它越发呈现出一种纷繁、复杂、多变的景观。有人说当下诗歌生机勃发，也有人说当下诗歌乱象丛生。两种说法应该说都有一定道理。也可以借用一句诗来做概括，就是"乱花渐欲迷人眼"。而如果我们能够秉持诗学审美的立场，也就能够做到在芜杂中进行筛选，于无序中见出秩序。

最后对本书的结构体例稍作说明。

近年来，我们的选本采取了板块划分的做法。比如全书分为名家新作、实力方阵、诗林撷英等几个小辑，有时候四个小辑，有时候五个，有时候还设立"朗诵中国"之类的特辑。

采取这样的结构方式，是为了便于观察，当然也体现了我们的裁决，体现了我们的诗学观和编选理念。

需要说明的是，划分为不同的小辑，并没有厚此薄彼的意思，各个小辑之间也没有严格的界限。即以"名家新作"小辑而言，所谓名家，只是相对而言。当然也有可遵守的规则依据。比如，有的作者很早就获得过了中国作协举办的全国新诗奖，他们的作品入选便可以放在这个板块。后来，这个奖项演变为鲁迅文学奖的诗歌奖，相应的，获得过鲁奖诗歌奖的入选者也便可以放在名家板块。当然啦，获奖只是一个方面，其他诸如诗人的资历、成就及影响等，均可作为参照因素。

再次感谢读者朋友多年来的关注。让我们共同追寻好诗，营造诗意空间，携手走向诗的远方。

2022年3月2日于北京农展馆南里

目录 CONTENTS

序言　以诗学标准采撷诗的果实…………………… 杨志学 / 1

一辑　名家新作

万古愁（三首）………………………………… 大　解 / 2
江心屿之澄鲜考………………………………… 王久辛 / 4
在一个雨雾飘散的秋晨………………………… 王家新 / 7
棉　花…………………………………………… 车延高 / 8
雪山笛声………………………………………… 石　祥 / 9
春之赋（外一首）……………………………… 叶延滨 / 10
浮　想（外一首）……………………………… 西　川 / 12
汉字之香………………………………………… 曲　近 / 14
从艾青故居到大堰河故居……………………… 刘向东 / 16
与玉龙雪山对饮………………………………… 刘笑伟 / 18
知　道（外一首）……………………………… 何向阳 / 20
微风起自怀念…………………………………… 华万里 / 22
西部的旧公路（外一首）……………………… 李少君 / 23
昆　仑　玉……………………………………… 李自国 / 24

母亲与老家（二首）	陆　健 / 26
初　会（外一首）	张　烨 / 28
醒　惑（外一首）	张庆和 / 30
清江浦	沈　苇 / 32
一枝黄花（外一首）	陈先发 / 33
宽窄巷	郁　葱 / 35
上林湖	宗仁发 / 36
古莲与哥窑	赵丽宏 / 38
穿　线（外一首）	侯　马 / 42
你在敦煌	娜　夜 / 44
等　待	高　兴 / 46
为陈子昂站台（外一首）	高洪波 / 48
写给第一百个七月的誓词（节选）	峭　岩 / 51
大善小坞村	黄亚洲 / 54
晕（外一首）	曹　旭 / 56
晨　雾（外一首）	曹宇翔 / 58
大地的高度（外一首）	龚学敏 / 60
四年级	梁晓明 / 62
书架上的石头	谢克强 / 63
音　乐（外一首）	蓝　蓝 / 65
简史系列（二首）	臧　棣 / 67
与死亡交谈（外一首）	潇　潇 / 69
我们身边的毒	翟永明 / 71
夜　行（外一首）	潘永翔 / 72
如今还剩下什么（外一首）	潘洗尘 / 74

二辑 实力方阵

偶然觉出（外一首）……………………………	人　邻 / 78
雨中的鲜花山谷（外一首）……………………	大　卫 / 80
落　梅（外一首）………………………………	三色堇 / 82
海边看浪（外一首）……………………………	马启代 / 84
父亲的永定河（外一首）………………………	马淑琴 / 86
状　态（外一首）………………………………	王　妃 / 89
从天龙寺到扎什伦布寺（二首）………………	王小林 / 91
山　丹（外一首）………………………………	王芬霞 / 93
甚至……（外一首）……………………………	王爱红 / 95
大雪纷飞，内心仍然阳光（外一首）…………	天　界 / 97
时光标本（二首）………………………………	心　亦 / 99
大　海（外一首）………………………………	牛　敏 / 100
潮汐时间（外一首）……………………………	北　乔 / 102
投　票（外一首）………………………………	卢卫平 / 104
小　虫（外一首）………………………………	卢吉增 / 106
镜（外一首）……………………………………	石玉坤 / 108
乡村记忆（二首）………………………………	田　斌 / 110
后会无期（外一首）……………………………	代　薇 / 112
嘱托（外一首）…………………………………	代红杰 / 113
时间静静流淌（外一首）………………………	亚　楠 / 115
也门婴孩（外一首）……………………………	尘　轩 / 117
吉祥物（外一首）………………………………	安　谅 / 119
失物招领（外一首）……………………………	刘　川 / 121
修　路（外一首）………………………………	刘高贵 / 123
风雨中的白玉兰（外一首）……………………	冰　风 / 125
窗（外一首）……………………………………	冰　水 / 127

虎（外一首）	安　琪 / 129
我把山歌做成一道菜（外一首）	米　戞 / 130
春天里的大河（外一首）	孙大梅 / 132
星丛哀歌（外一首）	孙　萌 / 134
给爸爸（外一首）	孙英辉 / 136
回到天堂（外一首）	孙霄兵 / 138
大海有着柔软的飞翔（外一首）	阮文生 / 140
中年痛（外一首）	邵　悦 / 142
十二时辰（选二）	杨　梓 / 144
望火楼和护林员（外一首）	杨志学 / 146
夜像安静的豹子（外一首）	杨绣丽 / 148
鱼　宴（外一首）	杨炳麟 / 150
在一首诗的末尾（外一首）	李　成 / 152
我想做个乡村邮递员（外一首）	李　皓 / 155
空房子（外一首）	李易农 / 157
易碎的芬芳（外一首）	李爱莲 / 158
山　野（二首）	李建军 / 159
灯　光（外一首）	李商雨 / 161
风满衣袖（外一首）	张怀帆 / 163
登西山记（外一首）	阿　毛 / 165
存在与时间（外一首）	陈巨飞 / 167
羞　愧（外一首）	陈波来 / 169
特别的生日（外一首）	陈修平 / 171
怒　江（外一首）	陈群洲 / 173
黎明（外一首）	郁　笛 / 175
人潮涌动（外一首）	宗焕平 / 176
今夜，有风来（外一首）	宗德宏 / 178
在尊贵的内心里开枝散叶（外一首）	欧阳健子 / 180

答　辩（外一首）……………………………… 单永珍 / 182

霜　降（外一首）……………………………… 罗　巴 / 183

那些草们（外一首）…………………………… 孤　城 / 186

安　家（外一首）……………………………… 赵　琼 / 188

漩　涡（外一首）……………………………… 赵克红 / 190

旧石器（外一首）……………………………… 段新强 / 192

等　你（外一首）……………………………… 祝相宽 / 194

掰　开（外一首）……………………………… 徐小华 / 196

空　旷（外一首）……………………………… 徐丽萍 / 198

晚　秋（外一首）……………………………… 徐春芳 / 200

黄昏时候的麻雀（外一首）…………………… 唐　诗 / 202

铜爵记（外一首）……………………………… 唐旺盛 / 204

燃烧的红海滩（外一首）……………………… 郭晓勇 / 206

少年推窗（外一首）…………………………… 盘妙彬 / 208

春　秋（外一首）……………………………… 第广龙 / 210

在哈巴河（二首）……………………………… 彭惊宇 / 212

人心不能以碎瓷传续（外一首）……………… 董进奎 / 214

心梗，住内蒙古医院（外一首）……………… 温　古 / 216

中年爱情（外一首）…………………………… 寒　冰 / 218

古槐树（外一首）……………………………… 谭　滢 / 220

三辑 诗林撷英

喊　海……………………………………………… 干海兵 / 224

钱塘江七月十五夜………………………………… 飞　廉 / 225

水楂子……………………………………………… 凡　羊 / 226

山庄遇云…………………………………………… 马海盈 / 227

油菜不停地开花…………………………………… 王　晖 / 228

天和人	王 童 / 229
北方七月的雨	王 键 / 231
青青露珠	王万里 / 232
立 冬	王杰平 / 233
山里的树叶	王明远 / 234
山中遇牛	王海云 / 235
论大海	毛 子 / 236
写一首好诗不易	包容冰 / 237
怒江大峡谷	远 洋 / 238
静 坐	吕 游 / 240
在我家的条案上	杨 键 / 241
在 喜 园	杨海蒂 / 242
思 亲 曲	杨柏榕 / 243
大 雨	李 云 / 244
生活的庭院	李 樯 / 245
遗 物	李以亮 / 246
城 里 人	李建华 / 247
通 讯 录	吴少东 / 248
一条河流的旅行	吴重生 / 249
深山短章	邱振刚 / 251
从高处到低处	沉 河 / 253
望 雪	应文浩 / 254
挖野菜的小姑娘	冷克明 / 255
海上花开的世代	张予佳 / 257
角 色	张永波 / 259
母 亲	张光杰 / 260
晨光洗尘	陈海强 / 261
一生只剩下半生了	武 稚 / 263

夜，一个超大容量的洗衣机	林目清	/ 264
白岩山外	林秀美	/ 265
走　吧	牧　野	/ 266
春　分	周占林	/ 267
草　木	周苍林	/ 268
新的一年	周鹏程	/ 269
三十六行展示馆	季振华	/ 270
挺　住	郝子奇	/ 271
故宫今昔	赵国培	/ 272
雷声滚过大桦背	赵春秀	/ 273
涟　漪	剑　男	/ 275
悟王国维《人间词话》三境界	段光安	/ 276
激　动	柴立政	/ 277
寂静的山村	夏　寒	/ 278
返　回	贾文华	/ 279
阳光在一面墙上	高　野	/ 280
沉香，像沉香一样飘散	唐小桃	/ 281
从宝安海湾远眺伶仃洋	唐德亮	/ 282
归	唐冰炎	/ 283
铜钱草	黄　胜	/ 284
小　雪	敬丹樱	/ 285
在一支曲子的平缓部分	雁　飞	/ 286
重　逢	蓝　珊	/ 287
沙漠传说	蓝　帆	/ 288
街　角	滕朝阳	/ 289
恋爱中的犀牛	龚锦明	/ 290
诗人的尘缘	郭思思	/ 291
桐	爱　松	/ 292

鸟　语……………………………………徐　庶 / 293
燕归来……………………………………徐　敏 / 294
新生的蚕豆仿佛是大地的耳朵……………徐玉娟 / 295
瘦　冬……………………………………樊文举 / 296
寻人启事…………………………………髯　子 / 297
秋天，终于学会了成熟…………………潘志远 / 298
早起的人…………………………………魏天无 / 299
古镇少女…………………………………薛清文 / 300

四辑　诗海珠贝

一条鲤鱼游在黄姚古镇……………………丁少国 / 302
我等你轻轻呼唤…………………………刁家乐 / 303
风　向……………………………………川　上 / 304
蚯蚓的方式………………………………小布头 / 305
山口上，我的哨位我的青春………………马　克 / 306
簸箕湾……………………………………马文秀 / 308
草堂园的脚印……………………………马进思 / 309
胜利日……………………………………马晓康 / 310
无　限……………………………………子非花 / 311
诗人怀揣落日……………………………王　法 / 312
黄河左岸…………………………………王　琪 / 313
蓝色湖泊…………………………………王　毓 / 314
麦黄时节梦见爷爷………………………王从清 / 315
滩　涂……………………………………王兴程 / 316
从瘦马的身体里，牵出一匹西风…………王爱民 / 317
风…………………………………………王笑风 / 318
那年小满…………………………………王浩洪 / 319

去往山岗的人	王祥康 / 320
风吹落了星星	支　禄 / 321
剪一段时光	尤屹峰 / 322
扣　子	瓦楞草 / 323
青春无悔	文　川 / 324
读你时，沉默	方　严 / 326
中间地带	卢圣虎 / 327
霜　降	白丢丢 / 328
临　界　点	冯　岩 / 329
霍拉山下的葡萄园	吉　尔 / 330
在纳木错	过德文 / 331
村头的向日葵	刘　琳 / 332
微　笑	刘克祥 / 333
不同年代的人们围坐在四周	刘洁岷 / 334
湖与蛇	刘雅阁 / 335
和马某在桐乡	汤明桥 / 336
与谢安下棋	孙　梧 / 338
纸　枷　锁	杨　荟 / 339
云　雀	杨云霞 / 340
正月十五观礼花	杨正彝 / 341
细　十　番	严敬华 / 342
屋檐下的冰凌花	李　晖 / 343
老　母　亲	李　铣 / 344
影　子	李丽红 / 345
一树梨花	李继宗 / 346
远　方	李晓光 / 347
缆　绳	李鲁平 / 348
可不可以思念你	李嘉维 / 349

喊一声葫芦河	李翠萍 / 350
擦肩而过	沈少锋 / 351
骆驼刺	张栓固 / 352
春天的书信	陈阳川 / 354
两棵衣冠不整的古树	陈明火 / 355
星火井冈	劲 草 / 356
数雪花,数日子	呼岩鸾 / 357
春光深处,有一树开花的海棠等你	柳 歌 / 358
白色的太阳	胡理勇 / 359
铁家伙	胡刚毅 / 360
残叶	赵国增 / 361
火山人家	森 森 / 362
山林随感	柏 坚 / 363
夜观天象	施 维 / 364
蜘蛛人	贺晓玲 / 365
和月色有关的事物	姚 晨 / 366
与一只羊相约春天	袁 牧 / 367
午间风景	凌 越 / 368
后坪这些树	崔荣德 / 369
如果	蒋本正 / 370
倒骑毛驴	程 峰 / 371
神仙居	程世平 / 372
雨丝	廖松涛 / 373

一辑　名家新作

万古愁(三首)

大 解

世上最沉的,是自重

河滩里乱石滚滚。
我抱走的石头不止一块。
就是悬在天上的石头,我也敢抱下来。
但我抱不动我自己。
我发现,
世上最沉的,是自重。

活 着

我只活着,不再思考了。
真理存在于细节中,也可能隐藏在缺陷里。
太难发现。大世界,小事情,让人迷惑的
万物和人生,无一不显示出复杂性。
我关闭了思考,但依然不省心。
我这个人啊,
早晚有一天,
遇到伟大的真理却两眼茫然,
搓着双手,因无知和固执而羞愧不已。

(以上二首选自《星星》2021年第2期)

灵魂疲惫

常常是这样：我在此，灵魂在别处。
最远到过北极星的后面，也曾经，
隐藏在肋骨里。怎么劝都不出去。
窝囊废、懒虫、没出息的，都说过，
但刺激没有用。
常常是这样：灵魂疲惫，从远方归来，
一无所获，却发现要找的东西，
就在体内。
为了莫须有的事物，
我几乎耗尽了一生。
其空虚和徒劳，有如屎壳郎跟着屁飞。
悲哀莫过于知其原由却听凭命运的驱使，
一再出发又返回。
我这个人啊，可能改不了了，
我原谅了所有的事物，唯独不能宽恕自己。

（选自《特区文学·诗》2021年第2期）

江心屿之澄鲜考

王久辛

它澄鲜千古。于瞬间
穿越而来又于瞬间凝固成塔
一个东，一座西
孤独并澄鲜，并弥漫在
我的味觉之上
遂使古塔倒影在晃动中
如少女之亭亭玉立
又被红鲤钻入身心
——爽利啊

谢公必定如此慨叹
必定！否则怎么会
脱口而出——空水共澄鲜？
澄澈至极的莹莹碧水
只有在萍沫之毫上
才能于进心的瞬间弥漫
才能令慨叹进入空水并与之
共觉碧绿与莹鲜
而那个爽啊，必定是
肯定是，后来的感觉
却也把时间
凝成了古今一体之无限风光
而所有的千古名句
都是这样造就的

一挥而就,凝结时间
遂使名句
成为未来光芒万丈的诗眼
一如谢公的这两个字
——澄鲜

包括李太白
他竟于此一句
看到了澄澈莹鲜的碧水
他说:澄明洗心魂
李白的魂,在瓯江上下漫游
直至此时此刻
他的魂儿,和他的名句
"此中得佳境,可以绝嚣喧"
都崭新一如澄鲜之红鲤
漫游在东塔倒影之
万鸟合鸣的古榕树的万叶之间
并撞击着我
和万千游人的心灵

爽利啊!
澄鲜的千古之塔,于瞬间
穿越而来又于瞬间凝固成塔
这时间的雕像
一个东,一座西
孤绝成澄鲜之名胜
如果用心,孟浩然陆游
杜甫袁枚等等的心跳之声
此刻,就在塔影倒置的
红鲤之脊上

——怦怦跳动

听，听

可以清晰地听到

特别是文天祥的心跳

似红鲤出水

鲜泠泠活生生的正气歌

一次次地跃入我们的心头

似昭告万众生民

江心屿，乃谢灵运

与文天祥，留给人间

元气满满的澄澈浩然之屿

（选自 2021 年 7 月 30 日《文艺报》，入选本书时略有删节）

在一个雨雾飘散的秋晨

王家新

在一个雨雾飘散的秋晨,在青海佑宁寺,
我看见一位年轻的
身披深红色僧袍的阿卡,绕着
寺院前的那棵菩提树
一遍遍,扫着落叶……

我听着那扫帚的沙沙声。

我们好像是穿过了千里万里的黄沙天,
碰巧来到那里。

我走上前。我不说"谢谢",我说"谢谢你"。

而现在,在北京,在这雨雾聚拢的清晨,
我再次醒来。
我听着滴水声,
我又听到那扫地的沙沙声……

好像这一次我是真正醒来。
好像那来自一棵繁茂大树的青黄落叶
还在不断地
为我飘下、飘下……

(选自《花城》2021年第2期)

棉　花

车延高

是纯而又纯的白
和我，和每个要活的人都有关系

新疆的棉花堆起来，就是天山深处
最自由的云

棉花很软，不懦弱
在冰天雪地的地方，在风冻得瑟瑟发抖时
会把一种最具人性最体贴的温暖给人间

棉花不会说话，是柔情缱绻的
认识采摘的手
认识每一部收割的机器

棉花，属性温暖
没有想过与人为敌
也不想在一个不合时宜的季节
遭遇虫害

（选自《江河文学》2021年第1期）

雪山笛声

石 祥

大雪飘飘,大雪飘飘,
天地皆白,旷野寂寥。
是哪里飞来一串笛声?
多么熟悉的音调!在我耳边萦绕。

嘴唇吻着冰凉的笛孔,
冰冻三尺,冻不住乡土的歌谣。
手指弹奏横笛的脉搏,
千里冰封,封不住革命乐观情调。

一曲依依惜别的《十送红军》,
笛声把寒风变暖了,把冰雪溶化了。
一首雄壮豪迈的《三大纪律八项注意》,
笛声唱出了红军风采、战士情操。

也许雪山的笛声,
已化作工农红军的一座浮雕;
也许遥远的回声,
只有在梦里才能听到。

那是我们红军连队当年的红小鬼吗?
红色基因还在我血液里流淌着,
听吧!
雪山笛声,交响着新征程的号角。

(选自《诗海潮》2021年第1期)

春之赋（外一首）

叶延滨

从一个绿芽开始努力
然后所有的花蕾学会绽放
绽放花朵在春天孕育秋天的果实

从一只归燕筑巢开始
让所有的绿叶也招纳新租客
枝叶间有鸟鸣还会有松鼠和猴群

从一滴春雨朦胧开始
让风也妖娆雷声威武闪电起
天地间风云涌动山与水皆是精神

从一壶酒向苍天举起
沏一杯新茶让自己独自品味
新茶老酒春之友喜看万物竞自由

（选自《人民文学》2021年第10期）

我的三位重要客人

这是我三位客人
是重量级的重要客人
每当独自闲坐时
他们就常来做客
人老了，老友念旧

这一位是大凉山
随下放母亲离开城市
大凉山给我十年少年梦
大凉山的山小
小凉山的山大
最穷大山有最明的月光
月光光，都一样……

这一位是黄土塬
离家出门独立走延安
黄土塬把我摁进土里活
掉进最深的坑底
敢迈步就是向上
最穷知青有最苦的汗水
日头晒，不唤娘……

这一位是老秦岭
卖苦力挣工资守四年
老秦岭山高天窄铁轨长
夜长梦短爬格子
痴情无用种心田
秦岭把我举起来看自己
出苦力，写梦话……

人老了，老友念旧
一生磋砣如漏船跑滩
三老友是过命的朋友
浪高可压舱，风大可系缆……

（选自《星星》2021年8月号）

浮 想（外一首）

西 川

月亮朦胧到不想被关注
月亮客气到不想被打扰
月亮冷漠到不想被比喻
月亮高级到不想被赞美

唐人没见过这样的月亮
难于物我两忘的我能否
煽动着误解的翅膀飞回
公元755即天宝十四年
那时都活着王李杜高岑

我的此时此刻不是他们的
此时此刻正如雾霾不是雾
我的此时此刻是月球车
彻底报废在月亮上的此时
又此刻尽管这无妨天理
作用于人间如月映万川

古 意

墙上的电灯谦逊的光亮
墙角的垃圾桶里垃圾少许
无风的阳台脱出小镇的房子
贴着皮肉的夜色丘山的聚拢

树林里非人的脚步声
何样生物蹚着落叶前行
瞬间的脆弱想到自己
抓住机会的秋天竟忽然现身

（以上二首选自《大家》2021年第2期）

汉字之香

曲　近

从横平竖直笔画的缝隙里
飘逸出一缕缕奇香
这奇香,只有中国人能闻到
只有国字脸、甲字脸、申字脸的人能闻到
这奇香,来自黄河,黄山,长城,长江
来自黄皮肤黑头发热血滚烫的胸腔
方块字的中华,汉字的国家
一点一横,一撇一捺
横竖弯勾的线条,刻画出
方方正正的中国形象
遒劲有力的笔画如秦砖汉瓦
结构着巍峨耸立的铁壁铜墙

横,是肩膀
竖,是脊梁
秉直是汉字最深的学养
托举着天下崇高的信仰

我常常痴迷,幻想
我常常匍匐,醉卧
都是吸进了这绝世的奇香
一根根笔画的线条
坚硬如我的骨头,击之有声
横竖都有方块字的东方魅力

被这香熏着出生

被这香熏着成长

我的灵魂里也积攒下

黄河，黄山，黄土地馨香的思想

（选自《星星》诗刊 2021 年第 2 期上旬刊）

从艾青故居到大堰河故居

刘向东

我不知道保姆拥有故居
大堰河是不是开了先河
从艾青故居到大堰河故居
我一步一步数着走
正是饭后百步的距离

就是这百步
让艾青从乳娘怀里回到自己的家
反倒成为家里的新客了
也是这百步
让他从一个地主家的少爷
变成大地之子

又是因为这个距离
诗人在狱中从铁窗眺望的时候
看到的才不是别人
他看到他乳娘头上的雪
落在中国的土地上

大堰河一辈子不写诗
但她教会了乳儿说话
她乳儿把诗写出来了
怎么看都不像是写出来的
那是从土壤中冒出来的

他让土地,以及这土地里
生长出的一切生命
以自己的方式诉说

大堰河
诗人吃了你的奶水长大了
你的名字,是生养你的
村庄的名字

(选自《诗潮》2021年6月号)

与玉龙雪山对饮

刘笑伟

是酒,也或许是茶
是什么并不重要
这是一种人生庄严的仪式
坐下来,用自己沧桑的青春
与玉龙雪山对饮

青春是山脚铺张的草甸、青松
中年是山腰孤傲的云杉、冷杉和红杉
再向上,老年就只剩下石灰岩、玄武岩的黑
还有冰川的白

有岩石的语言
有云朵的修辞
高处不胜寒,却盛产让人噙着热泪的诗
你永远揭不开她的面纱
却永远被她吸引到天荒地老

头顶的雪花,顺着额头融化而下
一泓浅蓝色的湖泊
倒映着玉龙雪山的青葱岁月
和你忧伤的琴曲

取一瓢饮,雪水甘冽
如酒,亦如茶

与玉龙雪山对饮
渐渐地,你也成为一座雪山
头上渐渐生出白发
冷若冰霜,又热烈如初恋

(选自《诗刊》2021年3月号下半月刊)

知　道（外一首）

何向阳

是的，我们貌似知道很多
善良朴素
伪装虚荣
还有真理
我们知道我们创造的
词语
指鹿为马或
点石成金

我们知道
千年百年
倏然而过
积淀传递
白驹过隙
但我们真的知道
忽然刹那
或者　瞬间的含义

我们知道
水落石出
尘埃落定
是的我们还约略知道
得寸进尺
一意孤行

但我们却无知于
一朵花开的时分
一只蜜蜂的行踪

未 知

是否该承认自己的无知
荠菜荬菜灰菜
借助图片才能分辨
相似的还有
草莓、黑莓、树莓之同种
白蒿、芦蒿、茼蒿之区分
精神、欲望可以言明
理想思想
却不能一句了断
奥妙与交错
黑、白、黄、棕
世界已驳杂
至此
野菜与野草之间
锯齿的形状
颜色的深浅
季节地势
词语的无力
表达的遗憾
巴别塔是谁
令其重建
有多少未知的一切
藏在那层薄纸的背面

（以上二首选自《上海文学》2021年第9期）

微风起自怀念

华万里

花瓣落满写诗的全过程
平窄的纸张上
不是笔画像麻雀的胡乱爪痕。雪不来
而字很在意。纸上
印满众多吻印,有他的,有她的
还有其他的来路不明
我极为宽容,忽略了破碎的往事
凋残的秘密
只静在这张书桌前。状似发呆,实则
在皱眉凝思
完整地疼痛,如何静静地接受
窗外的雨声
听凭芍药泪打湿青花瓷瓶的浮想
哦,记忆已浅
夜已睡深。微风起自怀念
檀香似记忆

(选自 2021 年 11 月 25 日《渝西都市报》)

西部的旧公路（外一首）

李少君

从高速疾驰而来的东部人
难以适应这里的荒芜和慢节奏
夕阳西下，人烟稀疏
公路前头慢吞吞行走的牛群
它们从不理睬你的喇叭和喊叫
任你费尽力气吆喝驱赶也不让路
这些牲畜们就是要用这种态度告诉你：
它们才是这里真正的主人！

长安秋风歌

杨柳青青，吐出自然的一丝丝气息
刹那间季节再度轮回，又化为芦苇瑟瑟
陶罐，是黄土地自身长出的硕大器官
青铜刀剑，硬扎入秦砖汉瓦般厚重的深处
古老块垒孕育的产物，总要来得迟缓一些
火焰蔓延白鹿原，烧荒耗尽了秋季全部的枯草
我曾如风雪灞桥上的一头驴子踟蹰不前
秋风下的渭水哦，也和我一样地往复回旋

一抬头，血往上涌，一吼就是秦腔
一低头，心一软，就婉转成了一曲信天游

（以上二首选自《海燕》2021年第4期）

昆仑玉

李自国

已是春满人寰的西宁
那时玉更像仙境怀抱的婴儿
经受不住冰雕的挑剔、把玩
后来玉去了帕米尔高原
和神话里的西王母住一起
去时九十九天
归来时却是九万九千年

玉雪玲珑、玉女心经
年年都在云端里生长
玉的一生守身如玉,珠玉在路
路上都长满羽毛,飞出雕栏
玉砌,飞出玉的笑靥
面相中藏满金口玉言

玉高贵、富有,聚一生财气和名声
玉也小资、朦胧,谦虚时瑕不掩玉
起身时亭亭玉立,离世后香消玉殒
空虚里,书中才有颜如玉

玉拥有天上过往的无数星辰
而在人世间却玉不离身
救赎心灵,玉者,慧眼婆心
国之重器,来自巍巍昆仑

巍巍白云、巍巍灵魂

太多风云际会、良辰美景
然而，玉的前妻是石
玉堂金马后，玉的时光降临
用一块玉的纯粹去绽放
用一块玉的千里镇定
去说出地球的苦难
玉越来越沉

其实，在青海，在宝玉陈的
陈列柜里，我没看懂玉
却看见了世界正渐渐被玉成其美

（选自《诗刊》2021年3月号上半月刊）

母亲与老家（二首）

陆 健

想起母亲的一个动作

想起母亲的一个动作。擦灶台的动作

一日三餐，做完饭，把灶台擦得
一尘不染。让她饭后再清理。不肯

大半生很快就过去了
四个子女早跑开去
跑进自己的生活里去

想起母亲，想起四十年前
我摔伤破相那次，回老家养
脸上结痂，不能挠。临睡前
母亲用打背包的布袋条捆住我双手

那天晚上，母亲轻轻抱住我的头
许久没吱声，像是好不容易
把我从人群中抢回来一会儿

母亲伏在灶台上擦拭的动作
有着宿命般的耐心。一遍遍
一年年。直到她临走那天

她和我，和所有事物划清了界限

老家的楼房

老家的这幢楼房，太老了
老得让人心痛。工人在拆除它

我的书包曾每天从这儿经过
我对它
就像对我的父亲那么熟悉

铁锤抡动，轰隆作响
墙体洞开、眦裂如狰狞
它的五脏六腑裸露了出来

砖石喷溅，像积攒一生的力
从胸腔中破壁而出
锤声低沉，如老人的闷咳
像死亡将治愈所有的疾病

那残损破败的阳台，遗言般
踉跄着站着。几根钢筋似青筋
支撑摇摇晃晃的头颅

它眼神冰冷，固执，不情愿
他像在点头，又像在摇头

（以上二首选自《草堂》2021年第7期）

初 会（外一首）

张 烨

你的凝睇里有六月红草莓
你在石阶拐弯处站定
是真是幻？一副梦的面容

风从手掌轻轻走过
雨从脸颊默默滴淌
别对我诉说你的婚姻、事业、家庭
人生总是一段段流失

我突然记起了前世
风也是这样走
雨也是这样淌
草莓也是红在六月红在记忆
好像有一桩误会使你一气远离？
而我就为这桩误会
曾发誓永远等你
我走过的三十九级石阶
每一级都回响着前世的委屈与
渴望

美丽的坎布拉

坎布拉！美丽的坎布拉！
青海还有何处比你更美？

连歌声也沉默了
连飞鸟也凝定半空了

高山上，香雾拂面
深渊下，绿湖举着十万朵雪浪花
像一面魔镜，制作幻景
多么超然，孤寂在遥远的地方

荒僻使人心静
烦恼的人们只要见到你
灵魂都能长出一棵 忘忧草
迎着坎布拉的韵律，曼舞歌唱

谁是第一个见到你的人？
目光轻轻一触，感到你在等我
从我凡尘的瞬间
静候神秘的到来

（以上二首选自 2021 年 10 月 22 日"鹤轩的世界"公众号）

醒　惑（外一首）

张庆和

季节靠支付雪花购买隆冬
我的梦总是迟到的客人
春天的树叶并非都是倾听的耳朵
弄懂了思念是泪水的故乡
多么想我是你唯一的背景
彼刻正沐浴晚霞之中

迎接露珠黑夜长长如一条隧道
渴望月光是远古的心情
乌云是魔鬼派遣的路障
很怀念那一粒微弱的流萤
摸索中曾经四面碰壁
不知道哪一方才是前程
不要说眼睛总装满往事
过错才是回忆的风景

倒影与移位

记忆是一种物质
是生命的客观存在
如同映在水中的影子
冥冥中走来的跋涉者
正踮起脚尖
与发芽的事物比试高矮

云　一群没有故乡
没有居所的流浪者
误入幽黑的巷道
便无可奈何

忘不了曾经高举爱的火把
走进了一片心的寒夜
生命被照亮了，追求被点燃了
炽热的青春，无休止地蓬勃

平常心不会制造风景
也不能吹动心湖荡漾
如果有一条年轻的河流
但愿按自己的道路流淌

爱情从来没有圆满
每章每节都写着遗憾
日子如叶，正从时间的高树上
枯萎、跌落，一片、又一片

还肯挎上那只
割过牛草的小篮子吗
去梦中，去远山
去拣拾那些遗落的碎片

（以上二首选自《北京文学》2021年第5期）

清江浦

沈 苇

南船北马,舟来楫往
老坝口,很老了
迎接的都是浪子归来

水,浑浊不堪
不能一饮,如诸世纪
颠沛流离的命运
——命定,然后运命

——命系水脉
系时断时续的漕运
在北方,硕鼠和皇帝
都爱南方大米

水,混沌了天地
水,已不是水
是声声马蹄、杂沓脚步、滚滚车轮
是昼夜不息的输运
和催命……

(选自《花城》2021年第6期)

一枝黄花（外一首）

陈先发

鸟鸣四起如乱石泉涌。
有的鸟鸣像丢失了什么。
听觉的、嗅觉的、触觉的、
味觉的鸟鸣在
我不同器官上
触碰着未知物。
花香透窗而入，以颗粒连接着颗粒的形式。

我看不见那些鸟，
但我触碰到那丢失。
射入窗帘的光线在
鸟鸣和
花香上搭建出钻石般多棱的通灵结构——
我闭着眼，觉得此生仍有望从
安静中抵达
绝对的安静，
并在那里完成世上最伟大的征服：
以词语，去说出
窗台上这
一枝黄花

瘦西湖

礁石镂空

湖心亭陡峭
透着古匠人的胆识
他们深知，这一切有湖水
的柔弱来平衡

对称的美学在一碟
小笼包的褶皱上得到释放
筷子，追逐盘中寂静的鱼群

午后的湖水在任何时代
都像一场大梦
白鹭假寐，垂在半空
它翅下的压力，让荷叶慢慢张开
但语言真正的玄奥在于
一旦醒来，白鹭的俯冲有多快
荷花的虚无就有多快

（选自《上海文学》2021年第2期）

宽窄巷

郁 葱

此巷，关乎风情，关乎冷暖，关乎日月，
望不到尽头，走不到尽头，
岁月更替，暑热寒凉，
皆不是尽头。

在巨大建筑的屋檐下，它几近于无，
巷子口总有一些落下的叶子，
我常常问：你是哪一枚？

我曾和爱的人一起走过，
我曾和不爱的人一起走过，
那时我想，多少爱恨情仇，
西风下已然了之。

天地不久长，风月不久长，
路灯昏黄，石板路有几代的光泽，
宽窄巷，这一阶一阶地向前向后，
人皆苦矣，人皆远矣，
人，皆老矣。

（选自《草堂》诗刊 2021 年第 4 期）

上林湖

宗仁发

秩序
是一种尘归尘 土归土
而那些躁动从未入睡
不仅有鸟鸣
翅膀扇动
觅食者的饥饿难耐
以及所有的风吹草动
还有寂寞正在酝酿着
某种对反叛的渴望
自以为是的主宰者
在制造中获得了兴奋剂
他们开始驯化植物
让它们成为可靠的粮食
他们也能驯化动物
让它们耕田或者帮助捕猎
他们不断地舞之蹈之
陶醉于自己的幻想
有了火
有了陶锅
讨好由梳理毛发
又增添了新的模式
深厚的土壤
能够孕育各种奇迹
奢侈是有了多余的生活

精致是使之看上去似乎简约
摆设刺激愉悦
谁能抑制住这种
取之不尽 用之不竭的快乐啊
进贡之物要不同凡俗
工匠们绞尽脑汁
先是浓墨重彩
后才发现浓妆淡抹
把配方交给记忆
把火候交给感觉
不可复制　即是独享
更多的时间用现世的消耗
来营造阴曹地府
一个比一个相信
来世的享受可以乾坤挪移
千年一梦
带来好奇与羡慕
也仍然会有或多或少的膜拜
上林湖
博物馆里储藏的秘色瓷
破解出亘古不变的虚无

（选自《诗刊》2021年6月号下半月刊）

古莲与哥窑

赵丽宏

序曲

一个古老的念头,像一颗在地下潜藏千年的古莲子
突然被清凉流水轻轻激活,萌动了羞涩青嫩的胚芽

1

历尽沧桑的大地啊,你是那么熟悉,又是那么陌生
落叶残花正随风而去,新的生机又追随流水纷至沓来。
依然是旧时的气息,依然是千万年前的嘴脸
时髦的衣衫包裹着未曾进化的肌体骨骼
花蕊和枝叶中,露珠闪动一如当年的晶莹
人群在风中旋转奔跑,花树在雨中摇头招手
这世界有什么变化?天地间的生灵难道都因循守旧

2

当欲望的抓痕撕裂了那个熟悉而又陌生的世界
我期望所有的裂缝都能汇聚于一只古老的瓷坛
那是哥窑花瓶上那些裂而不碎的美妙纹路
像繁复之网,向四面八方辐射、伸展、流淌、蔓延
却依然和谐抱团,围绕着那个庄重的土制法器
那曾经在风雨中凝聚,在烈火中涅槃的大地之魂

此刻正沉着冷静地展现着自己丰满浑厚的完整

3

当幸福和圆满的涵义像雪片一样漫天飞舞
我愿意成为一座喷发的火山,用滚烫的岩浆
撞击万古不化的坚冰,接纳融化所有纷乱的飞雪
冰雪源于清澈的流水,却被严酷的寒冷封冻
让岩浆在雪流中奔涌吧,火的殷红裹挟着雪的苍白
汇集大地上所有的憧憬和向往,汹涌澎湃,一往无前
去投奔蓝色的海洋,去追寻从未领略过的浩瀚和辽阔

4

尽管你淡淡的微笑中含着深深的忧伤
我还是发现那些被忧伤包裹的苞蕾里面
正孕育着千瓣万瓣千丝万缕喜悦的花香
存在即合理,合理即现实,合理的存在隐藏于现实
只要活着,你可能游历天地间所有的玄妙奇境
多少生命一生一世都被幽囚于一个小小的笼子
挣脱的过程既有虚幻的有形,也有真实的无形

5

所有的相遇,都可能是生命中的久别重逢
所有的分手,都可能是无法返回的生离死别
就像浩瀚的大海中两朵浪花不经意地撞击
却激发起惊天动地的波涛,让整个世界震撼
就像来自不同方向的两群候鸟在云中邂逅
暴雨打湿了翅膀,无可奈何栖落在同一片芦荡
生存之需,原来就是这样我中有你,你中有我

6

在黑暗中迸发光亮,那是燧木取火,是秉烛探窗
睁大眼睛看看吧,这曾经被夜幕笼罩的混沌世界
远比你在暗室中独自苦思冥想的天地辽远宽广
当长夜的帷幕被撩开时,阳光也许会成为遗忘的资本
在光明中遗忘黑暗,多少人心安理得
以为太阳不落,以为黑暗只是记忆中临时的阴影
面对着一轮满月,竟忘记了它曾经的幽闭和残缺

7

孤独的行者,不要以为天地间只有你一个人
你的前方,有一拨又一拨先行者踩出的曲折道路
如果心灵的视野向往着一个共同的目标
即便高山阻隔深渊横亘,我们依然能互相拥抱
命运的纽带在千变万化的灵魂韵律中紧密交织
那是丝竹和提琴在冥想中构成天籁的和弦
是青铜编钟和管风琴在沉思中携手天作之合

8

当心中滋生仇恨,咫尺之距无异于缥缈天涯
心中充满爱的时候,瞬间可以成为无尽的永恒
哪怕所有的时间都在彷徨中,这一瞬间足够你成长
驱逐心里的烦躁,尽情描绘未来的幸福景象吧
让所有的潜意识,都来参与这静谧而美妙的描绘
我们的灵魂中,珍藏着用一生撷集的珍宝
献出这些珍宝吧,让它们化成你独一无二的诗行

9

此刻,那颗古莲子正在哥窑瓷瓶里抽枝长叶
新鲜的蓓蕾正静静地绽放着来自远古的幽香
古老的,永恒的,新生的,年轻的,
在沁人肺腑的花香里不露行迹地悄然融为一体
就像耄耋老者的大手挽起童稚幼儿的小手
刹那间,苍老重返青春,幼稚迅速成熟
那是神迹一般的融合,唯有深深的沉默可以描画

(选自《诗刊》2021年11月号上半月刊)

穿 线（外一首）

侯 马

以眼花的名义
长辈让我帮她穿线
每逢此刻
我的心也乱如线头
蓬松而多岔
唯一能使我镇静的
就是用针尖刺我瞳孔
事实上
没有人能看清线头
是如何穿过针眼的
引导它的
是古人的意愿
是生活本身
长辈就是这样
把我的自由不羁
送进了针眼这条隧道

黄 昏

世界美好就在于我喜爱黄昏
而生活每天都会送来黄昏
先是晚霞在天边敲锣打鼓
然后树木房屋影影绰绰
鸡犬牛马熟识家门

炊烟旱烟缭绕人间
我的奢望是麻雀安眠
仿佛它们住进了东房
就默认了驯养
不，永远没有这样的时刻
它们比天上的星星都冷漠
而突然黄昏被人类的路灯打断
整个人类也送别了他的童年

（以上二首选自《山西文学》2021年第11期）

你在敦煌

娜　夜

你在敦煌
震撼过我的金色荒凉
在你脸颊流淌

一条被沙砾打出窟窿的裙子　夜晚
你旋转
整个星空在你身上

在古阳关遗址
多坐一会
掏出我送你的牛皮酒袋
猛灌几口

扯开嗓子
吼一曲阳关三叠
热血生黑发
生海市蜃楼

一定有这样的时刻：
你抬头想念谁
云朵就飘出他的模样

敦煌风大
万念变轻

把自己当一粒沙
在大风中
慢慢靠近莫高窟

见了反弹琵琶的飞天
替我鞠一躬

(选自《诗刊》2021年8月号上半月刊)

等　待

高　兴

湖边的印迹在等待
岛上的林子在等待
风又起，吹动荷的姿势
清香在等待。整整三天
词语缄默，海却在不停地说
呼吸在等待

舞台旋转。一座城市在等待
话剧即将上演
张爱玲在等待
嘴唇写着诗。眼睛唱着歌
等待在等待

水在等待。心跳填满空白
梦从水面升起。天空在等待
谁曾在雪中走来
谁又在雨中伫立
喝口酒，零下三十度在等待
海拔五千米在等待

远处。紫色的意象
启开五月之门。那片山坡
迎来郁金香时光。你在挥手
你在笑。木屋在等待

草原,琴声,布拉格郊外
脚步声隐约传来,快点上蜡烛
暗影摇曳中,沙漏在提示
星光,将在子夜时分把你照亮
石头、剪刀和布在等待

(选自《人民文学》2021年第4期)

为陈子昂站台(外一首)

高洪波

把天地念了悠悠之后
你老哥痛哭了一把
一个四川土著
在北方的幽州台
一个久远的文化地标
用川人特有的幽默
为辉煌的唐诗开篇作序
你的慨叹是人生的共鸣
你的涕下是软弱的象征
可你登上幽州台的脚步,一阶又一阶
踏在历史的背上,让历史好疼好疼
子昂先生,此刻
我从北京,离幽州最近的地方
飞往重庆,再赴遂宁
你故乡的诗心悠悠
你故里的情深意重
你故土没忘记大唐盛世
踩躞在北方的一个踽踽身影
还有用唐朝四川话发出的警策俗世的心声
天地悠悠 怆然涕下
来者与逝者交替的身影
组合成一个亘古的迷梦
宇宙 地球 人生
岁月 理想 热诚

这一切的一切
包括君臣 道义 孝悌 忠贞
还有未酬的壮志 诗意的纵横
或许这一切已然远去
但是这一切仍在发生
这就是陈子昂 昂首北方
登幽州台放歌的终极价值啊
所以千年之后，我和我的伙伴们
仍然忍不住向子昂先生致敬
为子昂先生的奖项站台
并虔诚地用心灵倾听
子昂那川味十足
遮蔽历史和苍穹的吟诵
此刻，我听见中国诗歌
拍手，跺脚，还有唿哨
发出一种久违的欢腾

白门楼

这里是吕布殉难的地方
人中吕布 马中赤兔
加上妩媚的美女貂蝉
和无敌天下的一杆方天画戟
谱写了亘古流芳的乐曲
每一个音符上都血火交迸
三国因为有了吕布
才有了恁多的故事和传奇
白门楼，我来寻找你
你的杀伐和呻吟，你的忠诚和叛逆
多少英雄在你下面走过

多少豪杰在你上面畅饮
战火一次次抹掉你的影子
据说石崇曾修复过你
那个富甲天下的豪客和绿珠的郎君
那个奢华盖世金谷园的主人
他应该是吕布异代的知音
白门楼早已颓灭无迹
留下大片金黄色的油菜花和嗡嗡的小蜜蜂
像岁月故意加上的评点
蝴蝶翅膀的扇动
更像史书意味的无穷
可吕布仍然活跃在戏曲舞台
他对刘备的责叱赫然有声
被缚住的英雄仍然是英雄
被缢死的好汉照旧是好汉
赤兔马换了主人仍是千里驹
只有美女貂蝉有几分可怜
世上真心爱她的人走了
痴心痴情痴迷的汉子吕布走了
走得窝囊又悲怆
只留下一座白门楼任人凭吊
如今白门楼已不见踪影
告别古邳镇,春风送游人
远眺中我看到一座白门楼水闸
兀立在春风中,闸住一河春水
是要为吕布洗去千古之羞吗
若如此,也算有情有意了

(选自 2021 年 11 月 23 日 "世界名人会" 公众号)

写给第一百个七月的誓词(节选)

峭 岩

一

今天,我把所有的门窗打开
让爽风进来,让激情和火进来
把太阳,崭新的从处女地升起的太阳
举上山岗

我知道历史在今天汇合的意义
我知道苦难和奋斗交织的滋味
我更知道幸福的形状
兄弟姐妹们都拥向今天的广场吧
那是百年汇聚的歌与花的海洋

我不会忘记带上诗歌的火把
火把,我专为咏叹神圣的香火
我一生的挚爱、血和泪的誓言

在你面前,我无限憧憬
你的巨大的暖和爱包裹着我
我的成长,缘于一个个充血的动词
你把光给我
举在上方

三

在我记忆的旷野里,有一盏灯
最早躺进墙洞里,熠熠闪光
即使在晴朗丽日下
我也能看到它的眼睛

它从历史的深处走来
跨越九十九座燃烧的高山
超越九十九条呐喊的大河
照耀过战地的弹坑和一副副胸膛
在一首诗的豪迈里,迎接黎明的曙光

看到了啊,那个高举火炬的巨人
在东方的智慧和勤劳的旷野上
奔走　播种文明的火种
所有的山脉都有眼睛,羡慕地望着这里
所有的河流都会转身,汩汩地流向这里

同样,沿着那目光
中华精神照射到亚丁湾的波峰浪谷上
连非洲的毛里求斯人的窝棚里
也生长中国的传说

四

当我数到第一百个碑文的时候
地球像一滴露水那么圆润
我的诗歌也生动得心跳

诗人,从一滴血里起飞
我是说,诗歌的翅膀是要含铁的
而血是历史和现实熔炼而成的
那是力量,善和美
我只有借助诗歌的喉咙,倾诉爱的不老河流

我愿意是一只云雀
站上今天的枝头歌唱
雪漫征路　旌旗漫卷
呼啸的钢铁　驰骋的闪电
送走的是战争的阴影
迎来的是和平的花环

不忘一个转折的会议
松开了斗争的绳索
推出以经济建设为中心的舵盘
劳动的号子　金色的原野
所有的鸽子向天飞
所有的葵花向日圆

我的激情归属于
你的大海
你的白云
你的庄稼
你的蓝天……

（选自《解放军文艺》2021年7月号头条）

大善小坞村

黄亚洲

我要告诉女儿,你妈妈的妈妈的妈妈
也就是,你的太外婆
是一块青瓷的碎片
她睡在这个村子后面的山岗上

我要告诉女儿,这个村子后面的另一座山岗,叫做禁山
上虞禁山,是中国青瓷的发源地
那里刚刚发现的遗址:东汉龙窑、三国龙窑、晋代龙窑
简直,就是地球的釉色

就是那种温润的色泽,那种青色
表现着地球的每一个黎明

一群群的考古专家,在你太外婆从小背柴的地方
为自己国家的文明,如醉如痴

我要告诉女儿,你的太外婆长寿,且是
无疾而终
她是慢慢睡着的,就像
中国青瓷,在这个村子慢慢睡着了一样

我要告诉女儿,你太外婆姓黄
村里,建有著名的祠堂黄氏"五桂堂"
你或许知道,你爸爸,包括

你爸爸的爸爸的爸爸,都出自"五桂堂"
也就是说,你父母在南宋时期的远祖,是同一个人

一尊上好的青瓷雅器,分裂成
许多闪光的碎片
所有的历史,都是碎片般的完整

我要告诉女儿,日后,可以抽个空
去绍兴上虞,走走这个村子
向中国的青瓷,问个安
深深地吸一口,我们这颗星球的黎明颜色

(选自《星河》诗丛2021年下卷)

晕(外一首)

曹 旭

当晕到来的时候
谁都无法阻挡

我只能用
发烫的脸庞紧贴它
用冰凉的发丝磨蹭它
用酒杯敲响它

或者
用月光漂白它
用思念安慰它
用慢镜头抓拍它

任朝霞般红红的晕
神圣地在我们心里升起

太阳在东面晕
月亮在西面晕

东倒西歪地
晕到无语

(选自2021年7月28日曹旭博客)

沉 默

你的沉默是一堵墙
我在你面前绕来绕去
寻找穿透的门

明明你怦怦的心
已经快要蹦出来
但你沉默着

明明你颤栗的身体
已经像小鹿一样不停地抖动
但你沉默着

明明你的嘴唇
已经像红番茄一样多汁
但你紧闭着

明明我的眼睛里
全是狼受伤的光芒
但我沉默地憋屈着

最艰难的沉默
是火山喷发前
片刻的决心

我鳄鱼般地冲上去
咬住你的沉默
你便发出快乐的呻吟

(选自 2021 年 12 月 9 日《新民晚报》"夜光杯"副刊)

晨 雾(外一首)

曹宇翔

大雾从那边林梢漫过来了
一眨眼工夫,填满山谷,也抹平
我内心一道道纵横幽僻丘壑
清晨边地高原,冬至时节,雾深
隐人,枯叶杂沓脚步声音

冷寂山野起伏静谧之雾
一下子把我裹住,荒径近旁跳出
一丛明亮腊梅在鸣叫,在闪烁,嵌着
紫红条纹嫩黄蓓蕾,拢紧的火苗
似问候,另一时空芬芳星辰

天空开过来一列蒸汽火车,绿皮
火车,该是我少年离开家乡时
乘坐的命运火车,记得汽笛一声鸣响
哧——车头喷出滚滚蒸汽,一下子
盖住小站,乡路,平原的村庄

漫过山川和记忆,肯定有一团雾
飘进我的生命,清凉棉纱蘸着
溪流、天外阳光,擦洗遭际与沧桑
一会儿,雾散去,红日饱满
万物现身,瞧我已是一个新人

(选自《芒种》月刊 2021 年第 3 期)

飞 过

隐隐听到一声声鹤鸣
从云端，从一只白鹤的传说里
滴落这山顶的翠绿草甸
与晨露在草尖，向着我们的凝望
向一轮朝阳荡漾滑动

所有的旅途都汇集于此
被一声鹤鸣所总结，所照亮
一切都变得遥远，又近在眼前
白鹤飞，飞进我们的内心
仿佛减轻了肉身的沉重

天地的澄澈已洗过了肺腑
白鹤飞，飞过我们心灵的天空
这人生邂逅之福，尘世之美
在石鼓寺，在石溪村
暮霞又掩住虫鸣的石径

（选自《红豆》月刊 2021 年第 9 期）

大地的高度(外一首)

龚学敏

题记:四川通江王坪川陕革命根据地红军烈士陵园,长眠着25048名红军烈士。

高呼"平分土地"的人们长眠在
自己的土地中
像一行行刻在土地上的
标语

墓碑上最血红的一滴,缓缓浸入
中国历史。云一沉
整个陵园铺满白色菊花,我们是
沾着露水的那些致敬

大地的布,包裹着25048句
用青春喊出的口号
生根,发芽,结汉白玉的果实
如同群山
成为大地的高度

大地说这里是钢铁,他们
便聚集在这里
大地说这里是理想,他们便成为
松树,成为理想中的理想

枪声已然冷却，石头上的标语

被风吹着，口号

仍在大地上传颂

(选自 2021 年 4 月 30 日《解放军报》)

高 铁

高铁的银针，给羸弱的夕阳

去风湿

星宿在沉睡，不同的鸟

把各种激情的毯子，盖在同样的病症上

就这样吧。生病的田野被刀

割得杂碎，如同斑驳的旗帜

黑夜缝补所有的成见，包括疼痛

在路上，时刻表一站站地提醒我

夕阳与目的地一同抵达

读着的书，不管是谁写的

都将没有结尾

我把自己固定在座次里，拼命

找药方

直到头发的书翻白，也是枉然

到站的高铁一头扎进城市的病灶

人脸纷纷被识别。雪花

在二维码的缝隙中降落

高楼整齐。下车的我，蹲下来

想要摸一摸，如此真实的大地

(选自《钟山》2021 年第 3 期)

四年级

梁晓明

炊烟带来了弯曲的四年级

小学门口我踩死蚂蚁和初生的愤怒,从此
我的恐惧像河面永远钓不完的闪亮小鱼
或者在猫口中结束,或者被铁皮包裹
公开在货架上,被饥饿的眼睛放肆地搜寻

我的四年级是只敢在黄昏才飞出来的蝙蝠
它振翅在溪畔、桥下、明清木楼上
暗黑的屋檐,它低低地养活自己在细小的蚊蝇中

它更加惊恐地逃避在天生可爱的孩子的弹弓中
哦那些孩子,药吃得太多,却偏偏吃不坏身体
他们鼻子鲜红,长大后都住在酒吧
把更大的弹弓架在破坏的肋骨上

我被光明拒绝的蝙蝠是我的童年,也是我的现在
此刻的天光在窗外亮起,但我的日子已经过到了四十年……

孤灯。桌旁。
光像亲人伫立。
最孤寂的思索却看到最远的目光。

(选自《牡丹》2021年6期·诗歌专号)

书架上的石头

谢克强

几块石头
几块来自三峡的石头
站在我的书架上
和一排排精装或简装的书
站在一起

是时间处心积虑的磨砺
还是江涛有意无意的洗礼
这些峻峭嶙峋的石头
才如此沉稳坚实
如此粗砺

每每从书架抽出一本书
除了阳光
我就看见石头上风雨的印痕
听见石头突突的心跳

不想去补天、填海
却愿与书结伴
莫非和一位哲人一样
陷于苦苦的思索
才沉默不语

站在书架上

站在精装或简装书前
假如石头开口说话
你信不
肯定比思想深刻

　　　　　　（选自《安徽文学》2021年第9期）

音 乐(外一首)

蓝 蓝

终于平静了——

独自一人在夜里
听着音乐,犹如项上头颅
被一只手轻轻摘走。

你打败了我。我对音乐说。
并感到有一部分怒火熄灭了。

我是你的奴隶。
前额抵着它的膝盖,我又说。

一种让我慌乱的温柔情感
涌上心头。

我并没有忘记
长久遭受的耻辱,以及
对自己的懊恼。我只是不知不觉
做了它的俘虏。

一位将军曾说:
绝对不能让我们的士兵听太多音乐,
那样只会让他们变得软弱。

现在,我也屈服了——
鼻涕眼泪抹在我的破袖子上。

我不再咒骂,也不再四处寻找砖头。

我只想抱着一个什么人
为这黑黢黢无边的世界
放声痛哭。

人只能生活在……

人只能生活在目力所及的空间。
顶多,加上想象力抵达的边界。

没有人能例外。

帝王,教授,农夫和海员,
住在他们自己的房子里,

并拥有一把椅子、一张书桌
一块土地或者几亩大海。

没有人能例外。

但是你仍然震惊于某些事实:

哲学家在书柜里淋浴
而诗人躺在几个漂亮的病句里。

(以上二首选自《雨花》2021年第3期)

简史系列（二首）

臧　棣

雪莲简史

一次抵达。纯粹的幻象
震撼了生命的记忆。
非常寒冷中的非常美丽，
除了你，没有更现成的道具。

如此雪白，还能算是人的旅途吗？
怎么走，都像是朝天空的方向迈开双腿；
悬空感令空气紧张，唯有你
沉静得像随时都在自愈。

既然领教过静物也能完胜真实，
就别害怕唐古拉山上的积雪
近得好像只要你吹一口气，
世界就会用一场风暴淘汰灵魂的迟钝。

冬月简史

依然金黄，完全不受
降温的影响；就好像黑暗之舞中
它暴露过宇宙的肚脐。
依然冷艳，就好像需要

一个人冷静的时候,命运的尽头
依然充斥可恶的花招;
它的高悬意味着你
必须比全部的孤独更清醒——
如果你依然值得信任,
而不是盲目于否认
你从未像窥视美丽的体魄那样
窥视过世界的隐私,
它的浑圆就会依然依赖于
你对它的浑圆另有
一个更秘密的想法。

(以上二首选自《上海文学》2021年第10期)

与死亡交谈(外一首)

萧　萧

我倒空了自己,像一坨
被都市扔出去的煤球
来,亲爱的死亡
在 2020 年,你也该精疲力竭了

请你坐下来,像老朋友
我们推心置腹

1990 年后,我由隐忍到缄默
也常常向你发臭脾气
在沉沉的夜色与你争执

有时,与你一起倾听
某一次剧烈的咳嗽
或者等待高烧 40 度干渴
燃烧后的起死回生

布罗茨基说:"作为交谈者
一本书比一个朋友
或一位恋人更可靠"

我认为,作为一个交谈者
死神你更可靠!我们的交谈
不是语言,也不是灵魂

是有限朝向无穷……的平等

(选自《诗林》2021年第6期)

焰火的音乐

清早，旧而挥霍的梦又重现了
洁白的床单异常轻捷，洒脱
像我一个冬天的厚雪
随便地散落，招风
看见梦中的死
一生夙愿就轻易成为纸剪

我仅仅倾听到焰火的音乐
从玻璃中游来
短暂地浸入心脏
又非常模糊地疏远了
犹如门外的故人，以及那些伤心事
让我坐在一屋景致中

(选自《特区文学》2021年第10期)

我们身边的毒

翟永明

毒品的毒　和病毒的毒
还有我们身边的毒
已进入我们的肝脏

食品的毒　和空气的毒
还有一点一滴流入静脉的毒
也已进入我们的血

垃圾的毒　和噪音的毒
还有周围飞翔的毒
终于进入我们的脑

然而　我们体内的毒
我们内分泌排出的毒
我们每个毛孔渗出的毒
终将
毒死我们周围的毒

而且　越过五大洋
去引发一场世界性的毒气战
一切视乎我们
是纳气？
还是吐气？

（选自 2021 年 11 月 12 日"今天文学"公众号）

夜 行（外一首）

潘永翔

夜晚是风的世界
它们领着我
按照一定的格律
在星光下行走

河流是夜晚的陪伴
我是河流的陪伴
影子是一声蛙鸣
或者树叶的呓语

我走在自己的道路上
听不见人喊马嘶
也没有灯光指引
我只是默默地行走
在黑夜里
在漫长的时光里
一支歌唱完
我已走了半个世纪

我知道前方 一定
有一个门
或者有一扇窗
还有好多人
好多故事

在等我

燃　烧

那些被遗忘的时光
被绳索缠绕的词语
那些一闪而过的流言
还有冰封雪飘的故事

那些曾经的记忆
不再放射光芒
那些一闪而过的马车
正在安度晚年

看晨钟悠扬，看云朵奔跑
看你怎样一步步走远
看昨天的日记，被尘封在烟雨里

所有这些，我知道
只是缺少一粒火的点燃
它们，偶尔被风一吹
就会燎原旷野
在遥远的岁月里熊熊燃烧

（以上二首选自《红豆》2021年第1期）

如今还剩下什么（外一首）

潘洗尘

年轻时梦想有一座大房子
楼顶要有视野开阔的露台
阴天用来听雨
晴天就在那儿晒晒太阳

还要有一间宽敞的书房
用来读书写诗
记录生命也博取声名
楼下还要有一片巨大的客厅
闲来无事可以呼朋唤友
而一生迷恋足球
所以还要有一间
大屏幕的影视厅

当然室外一定还要有
土质肥沃的花园
种很多很多的树
让鸟儿栖落
养很多很多的花
引来成群结队的蜜蜂

如今这一切都有了
但青春已逝
健康也没有了

更可怕的是
曾经的理想和激情
已化作满地枯叶
终日飘零

没有什么真正是我自己的

没有什么
真正是我自己的

我写的那些诗
是命运恩赐的

就连那些
肯接受我爱的
人和事物
也是来成全我的

（以上二首选自《诗刊》2021年11月号上半月刊）

二辑 实力方阵

偶然觉出(外一首)

人 邻

偶然觉出进餐的时候
咀嚼青菜、豆腐、鱼的时候
我会愧疚感恩一样
深深闭一下眼睛
这让我忽然有点感动于
芥子一样卑微的自己

深深地闭一下眼睛
愧疚感恩一样
我才更像是一个人吧
才有神站在我的身后
把尘世的我
爱得终于像是一个人了

那山水人家,她说

那山水人家,临水而居
一家人眼神清澈,衣衫洁净
几册农书,即无多余片纸
四围寂静,竹木安然

行经的我,以为懂得很多
以为我走了很长的路
以为我因所见所闻所感

可以说些什么

那家的小女儿却抱着一只猫
说要给它洗洗耳朵
说要洗净它的眼睛、嘴巴
就用溪水,几片碧绿树叶

她说,阳光真好,水声清冷
你不必走那么远,读那么多书
她说,做一只猫一棵树就好
猫懂的,树懂的,我们人都不懂

（以上二首选自《诗龙门》2021年秋卷）

雨中的鲜花山谷(外一首)

大 卫

用鲜花填满山谷
玫瑰可以命名
任何一阵风

雨水挂在松针上
它们不是宝石
也不是星星

雨水在松针上挂着
像一个人的颤抖
像水晶做的心
像轻触又收回的手

雨水给山谷带来
巨大的宁静
你不在,我的心多么空啊
如果地球也是一个水珠
一定有人动用了爱情

白塘河湿地听芦喳

这芦喳的叫声有七百亩
如果回到三十年前,这声音
是可以在苇叶上筑巢的

我坐在岸边,看芦喳的声音
沿着水面扩散,遇到菖蒲会反弹回来

坐在木质栈桥上,脚伸进水里
我就是那个打水花的孩子
水珠落进荷叶
荷叶向有风的那一面倾斜
水珠被荷叶抖来抖去
仿佛鸟鸣在荷叶上打了一个趔趄
但这鸟鸣,又不顺着荷叶边掉下来
仿佛鸟鸣与荷叶
都在等待着风再大一些

(以上二首选自《诗歌月刊》2021 年第 10 期)

落 梅（外一首）

三色堇

耗尽全部的力气
吐出初春最后一个词
你无需向古人致歉
这不是时间的差错，也不是
最后的抒情
那绽放与坠落的绚烂在约定之外
躺在现实之上，我已将你爱上
将脸颊埋在你被雨水洗亮的部分
某种东西已经结束
生命的颤动却延绵不绝
泥土上那潮湿的气息，像久违的至交
是否认出了转世的梅？
没人知道哪一朵才是庄子的蝴蝶
你的美，固执，热烈，又满怀深意

对一朵花的记忆

数九寒天，只有坡地上的梅
无论羞涩或是沮丧都默默地散发着
属于它自己的味道
我抱着它的香，那么紧张，那么小心

这些年我能抓住的东西像一阵风
吹过瑟缩的落日

也吹过我瞩目你多年的眼神
我想你一定记得我们牵手的月夜
有着荷花一样圣洁的清辉
映照着土地的盟誓也映照着相似的疼痛

我们不需要知道明天的事情
在最冷的季节，剔除着错误和恐惧
我一次次触摸着你的有生之年
我们还有多少这样的凝视
还有多少这样未被宽恕的夜晚

当万籁俱寂时我们望着镜中的自己
花朵们波澜不惊地开着
我愿意再做一次祈祷
你看，异木棉上落满了祥云
一株梅花正绽放得幸福而饱满

（以上二首选自《作品》2021年第8期）

海边看浪(外一首)

马启代

巨型的事物往往有巨大的陷阱
大到天空
小到宏大的词汇
当然包括比陆地大的海洋

每次站在海边
我都莫名地颤栗
好像海浪在我身体里翻滚
好像一种巨痛在发作
直到海水从我眼眶里溢出

你看,风牵着浪的手在狂奔
肯定有谁在抓着风的手
风和浪都不由自主
海洋也是
我因对某类东西的崇拜而懊悔

不是后浪推着前浪
也不是一浪高过一浪
死在沙滩上的
不是进退自如的潮汐
凡是能跑动的
都不会死于千疮百孔的伤口

(选自马启代诗集《风中的眼》江西高校出版社2021年10月版)

在河泊潭，屈原跳江处

来到这里，我抱着天空就跳了下去
溅起一片惊呼和赞叹
掩过了二千多年前诗人落江的扑通声
死亡需谨慎地赞美
没有绝望到极点谁会跳江
没有那一声扑通谁的诗句能如此沉重
悲哀的是把悲歌唱成颂歌
把旷世的葬仪变成了一年一度的狂欢
其实我们一直活在另一条江水中
混浊，污秽，窒息，让人麻木顺从
它的名字叫生活
今天，我毅然跳入汨罗江
一是证明人是能飞的
二是为了找到那块叫忧患的大石头
重新放回人间

（选自《世界诗坛》2021年10月第2期）

父亲的永定河（外一首）

马淑琴

父亲是永定河里的一条鱼
他把大河当成衣裳
水大时是长袍儿，水小时当马褂儿
随意地穿　也随意地脱
他会织各式各样的网，总能
捕获一群活蹦乱跳的星光
照亮河边所有的幽暗

他不情愿脸朝黄土背朝天
却欣喜三斤红薯二斤白面的利润
满足小本小利的算计
热衷挑担子的大步流星和潇洒的小碎步
以及走街串巷的自由与风流
特别是那几声高亢响亮的吆喝
具有帕瓦罗蒂般男高音的特殊识别度

他能在一天之内
把一担鲜果儿，从门头沟
挑到京城前门的果子市
再挑回一担干果儿
脚下生风，换肩儿都不落地儿
像极了一位轻轻地走又轻轻来的诗人

永定河发洪水，他把果筐扛在肩上

渡水过河,如一艘古老的战舰
把所有的惊涛都甩在身后
再后来,他隐去哮喘和咳嗽
瞒过吐血的历史,从梦幻的河水里
捞起两根木头和一只羊

三年困难时期的深夜
他用比侦探更敏锐的嗅觉
在河边刨出生产队埋得很深的一头死猪
让全家人兴奋和幸福了好一阵子

父亲最深的痛莫过于
在河边,数次亲手埋掉夭折的骨肉
这无异于一次又一次埋掉他自己
如今我在遥望父亲的河边
梦想他会突然从一个浪头里钻出来

一条河的诚信与默契

那个必须躲避的年代
桥也只能选择季节
以无休止的拆卸与组装
以每块桥板的契合
共同撑起一条河的水上之路

每块桥板上,都写着村庄的名字
确认最朴实的权属
不知从何时起,一条河有了
一条写在水上的诚信之规
桥板被冲到下游

下游村庄根据桥板上的村名
无条件奉还，比如
青白口的桥板被洪峰裹挟了
大峪村人若打捞到了，会把它
套上马车送到青白口的村口
而大峪村的桥板若被卷至卢沟
卢沟的乡亲也会捎去口信

一条河的诚信与默契
没有谁号召与强制
像大河水流那样自然顺畅
浪花拥着浪花，波涛扶着波涛
共同撑起河边人心上那座
人性之桥——任何风浪都无法把它摧毁

（以上二首选自《诗选刊》2021年11—12合刊）

状　态（外一首）

王　妃

像一条河流，丰沛过，枯竭过
现在，我更喜欢它自然舒缓的流淌

灯火也似乎乐于探入静水之中
电流与水流交织
让文峰桥上为之停驻的眼睛
感受到黑暗中的暖意

羞愧啊！那些逝去的光阴……
也曾为情爱处心积虑
最后感动的唯有自己；
也曾享受人潮簇拥的虚荣
如今只想着一个人能早点离开

像一条河流，再丰沛，再枯竭
再经由文峰桥缝补我的伤痛
实现自如地跨越，停留，和返回

（选自《星星·诗歌原创》2021年第2期）

我们回到了村里

确切地说
我们是回到了村子的边缘

通往村子的路被一条在建的铁路枢纽
切断
工程现场鼎沸
挖掘机的履带碾过荒凉的田埂
铁臂几乎掏空了
那曾养活我的一亩三分地

村子在喧嚣之外沉默
那里尚有桂云婶传英婶小国的娘……
蹲在塘边洗菜的,靠在门上发呆的
仿佛存在村子里的古老物件

当她们走动,村子里才有了风
槐花的香气飘进我的鼻翼
脑海里浮现她们年轻时笑的样子
她们都记得我的名字

(选自《海燕》2021年第11期)

从天龙寺到扎什伦布寺(二首)

王小林

拜谒天龙寺

我是恐高的
我怕可以环顾四周的缆车
我怕悬挂在百米之上两座山之间的玻璃栈道
但,今天我要坐一次缆车
我要去走一条三百多米长的玻璃栈道
我要去拜谒一座更高的山上的一座寺庙
因为我深信:高处的佛一直在护佑着我
三百米,足够考验我的心脏
我知道,佛在天龙山上端坐
心中有佛
我还将去走更多的高山

(选自2021年4月20日"中国诗歌网")

扎什伦布寺听雪落的声音

只有雪落的声音才如磬如歌
雪敲门铃
也敲木鱼
雪在转经轮上飞舞
挂在红柳上的佛音

伴随着雪

飘出扎什伦布寺

铺向一条通往远方的路

　　　　　　（选自《长江诗歌》2021年第10期）

山　丹（外一首）

王芬霞

在山丹
我看到的是山丹花火红的花瓣
夕阳中，军马场的马蹄溅起的晚霞
一片片散落在了焉支山
焉支山
像刚刚涂上胭脂，抹上口红的少女
一声马嘶
被西凉飞来的燕子驮到了阳关
祁连山
高举着河西走廊对水的欲望

山丹花在草丛中跳跃
像万国博览会遗落的玛瑙
失去焉支山的匈奴
留下的歌谣如他们远去的背影
历史的古道
一阵马蹄踩碎了另一阵马蹄
一声叹息淹没了另一声叹息
山丹花
马蹄下盛开的花

回望山丹
她是一朵花
还是一座山

抑或
是一匹飞奔的马

(选自《诗刊》2021年10月号下半月刊)

夜的眼

被星星放牧的夜
是黑色的吗
江河之水
正把黏稠的夜色
拖入大海
石头,星星的磨刀石
正为每一颗星辰试锋

一些高处的山峰
试图刺破黑夜的帷幕
穿越黑夜的人
能看到暗夜中的微光
他们唤醒沉睡者
用崭新的语言
描摹明天和未来
最终,他们
都化作了明亮的星辰
成为暗夜中的眼睛

(选自2021年12月7日《兰州日报》)

甚至……（外一首）

王爱红

甚至忘记了你的名字，我
甚至忘记了，是在何时何地
与你相识。我们俩甚至
没有构成故事的开始那样激动人心

我甚至忘记了，你
对我说的一句话
甚至忘记了你容颜
甚至根本就没有你

你仍然在茫茫人海里
并且和我一样，在一条路上行走着
我会碰见一张熟悉的面孔
非常熟悉，但肯定不是你

因为，这是另一种美丽
一闪又不见了

（选自《诗选刊》2021 年第 9 期）

三只黑鸟在风中飞

三只黑鸟
不是一只黑鸟

三只黑鸟镶嵌在风中
如炫目的宝石

三只黑鸟在狂风中纷飞
像片片卷起的落叶
像一叶帆
莫不是冲浪运动员
穿梭在惊涛骇浪之间

三只黑鸟是三块煤
风快把它们擦着了
三只黑鸟
凝结成一只就要燃烧起来的风暴眼

黑鸟无视我的惊讶与慨叹
奋力朝一个方向移动
不断拉长我的视线
目力所及之处
只剩下无比空旷的风

黑鸟宛若号角
黑鸟就是饱蘸了浓墨的笔
黑鸟黑鸟黑鸟
她在尽情地挥洒
真的勇士

（选自《四川诗歌》2021年春卷）

大雪纷飞,内心仍然阳光(外一首)

天　界

一场大雪让天空有了肆意翻脸
及改变世界通道的理由。
雪由此成为焦点。幕后的黑手却逍遥法外。

雪是如此善良和美。
以至于不安分之人,也不想从深夜
巨大的灶膛里,摸出火种。

他愿意冬天的棉被更厚实。
黑变得更黑。孩提时掏出鸟蛋般大笑。
而省略掉的部分,可能隐蔽得最漂亮。

他更不想拉开深夜诡异的面罩。
重要的事,要赶在天亮前密谋完毕。
比如一场大雪,是怎样死亡。
一个人,是如何面对死亡。

大雪纷飞。大雪从不下在心里。
他的快乐始终与黑白无关。那种温暖
已超出了爱情范围。

星光

那些还能深夜听取蛙鸣的人

是幸福的。——那些人智慧通透
基本都还活着
还在继续甜蜜理想地活着

这很要命。但更要命的
这些人始终把要命持续下去

一匹老野马不可能成为小驹
成为烈虎。和小种马
过去确实变为过去。只有听取蛙鸣的人
星光满天

嘿多妙。是的只有妙人才配得上深夜的声音
犹如一只小蜻蜓，丛林里飞着
终于找到一棵让它满意停留，布满根须的树

（以上二首选自《海燕》2021年第5期）

时光标本（二首）

心 亦

蝴 蝶

落花重回枝头。
蝶翅微振，
光阴剪碎丝绸。

盘扣，斑斓欲滴；
旗袍，一枝独秀。
翅门侧身，
远山突兀，
黄昏，细水长流。

梨花白

梨花任性，
满树雪花开。
无叶枝手，揽月色，入怀。

今夜，拽着小径，
寻访林间天籁，
脱帽，惊闻三处白！

（选自《鳄城文学》2021年第4期冬卷）

大　海（外一首）

牛　敏

我用整座大海洗去身上的光芒
面对夕阳

内心也是一座大海
远处的时光，潮起潮落

一只螺用尽一生，凝成笔
让我书写

我把潮汐一遍一遍写上沙滩
大海却把它轻轻收走

莫非我的余生，就该
这样耗尽

告诉海边看海的人
遇见我，及时领来交给我

新月现身时
我将无法认领

春　深

花开无语

言说的是那些事不关己的鸟
花下的人无语
寂寞凝成阳光下的井

透明的身体烙满花的依恋
持续掘进，可以听到
泠泠的消瘦

空气里生长一种东西
无名
无语
却是一个世界
全部的语汇

（以上二首选自 2021 年 4 月 15 日《内蒙古日报》）

潮汐时间（外一首）

北 乔

草地上静静站着的马
在思考，还是已经入睡
没人知道
阳光在鬃毛里翻找答案
风满怀心事上路

野草追逐云朵
鹰栖息在山顶的巨石上
忘记了回家路的人
从来就没有真正的家
叹息也可以是一生一世的呼吸

月光打开一本经书
海水潮起潮落
坐在岸边深情注视用心聆听
震天动地的涛声
裹着寂静

（选自《诗刊》2021年11月号上半月刊）

陪我在屋顶坐会

荒野漫过土坡矮山，涌向
那座最高的山顶，一块灰黑色的巨石

庄稼向村庄走去，炊烟频频招手
河滩上，鸭子下水，芦苇上岸
鱼儿跃出水面，争相观望

大路上，背包拎包的人来来回回
扛着农具的，在细细的田埂上走得很稳
老槐下，老人打盹，身披斑驳的树影
孩子与狗在村里乱窜，一会儿
狗跟着孩子，一会儿孩子追狗

上屋顶，陪我坐一坐
在外漂泊很多年的你
把这些画面和声音，装进乡愁里
某一天，村庄回到岁月深处
我们可以在心中重建故乡

（选自《江南诗》2021年第4期）

投 票（外一首）

卢卫平

一阵阵风吹
一片片落叶
排着队
向大地的票箱
投票
果实已成熟
稻谷已收割
它们赞成
秋天到来
它们反对
在我没收到
母亲寄来的毛衣之前
气温骤降

（选自《人民文学》2021年第10期）

秋千记

这秋千是孩子们玩的
秋千架不到一棵
三年的槐树高
秋千绳能承受的重量
跟你考大学那年你挑起的
一担水差不多

你人到中年那么发福

这秋千怎能经得起你晃悠

秋千架裂了

你的骨头没裂

秋千绳断了

你的韧带没断

一点皮肉伤是家乡用疼痛

让你记住当年和你

一起荡秋千的伙伴

你笑了笑比哭还难看

你知道这次比儿时任何一次

从秋千上掉下来都疼

但你只能忍着不流泪

更不能用哇哇的哭声

叫来大人一边给你抹泪

一边给你米糖

（选自《诗刊》2021年10月号上半月刊）

小 虫（外一首）

卢吉增

朝露晶莹，晨光亮而不贼
万年前夏天某个清晨也如此吧

叶片残损，一条小虫从早餐到逃离还有片刻
不要接近那些叶子

谁又在说"早起的鸟有虫吃"
小虫在一片叶子下依旧从容

在互认的契约之内，世界没有惊慌
我担心什么

除了这几片叶子，剩下那么空荡荡的世界
均与小虫无关

世界静美如秋

秋的偏心，在银杏树上过于明显
一头金黄，无风也非常显要
这个校园之晨
迎来了穿着不同颜色校服的学生

他们背着书包自然分流进不同的楼门
一岁之差就是另一个世界

在银杏树又一年金黄时
他们匆匆走过树下

我一边走一边看学生发来的信息
堵车、生病、起晚了、家里有事
这些事每天都在发生,只是我不说
在你我感受之外
一切都在无关中消逝,世界万方
静美如秋

(以上二首选自《中国校园文学》2021年第6期)

镜(外一首)

石玉坤

给人最深的离别,有光
也不可探知的深邃
有时陷进去的是脸,一个失语者
被困在哪里
像有大深渊在拖拽着他

高悬、低置,都是明镜
方正、椭圆,各照人生

悲欣交集啊,当我们被照临
被陷入,青丝和白发
互为对应,彼此亏欠
又彼此辜负

若凝滞于此,当学解脱之法
有人以天空为镜
载云、载月,有人以湖水为镜
用涟漪记录风行

"万物都是自己的镜子,它
只映照回头的人"

(选自《星星》诗刊2021年第2期)

内容加载中

小心,树叶落下打破头
那个谨慎人去了沧州
"雪下得正紧",火在加载中

春风不尽,芳草碧
十里长亭送别
不急,两只蝴蝶在加载中

事有因果,物有本末
命运的草蛇灰线已经布好
雪与火的对立辩证
爱情与蝴蝶的宿命
均走不出各自的剧情

夜和昼像交替的黑白键
正载入我们的一生
内容具有不确定性
我们一直在反抗,并试图
对残缺作出修正

有时会突然顿住,当加载失败
必有变故发生
在人生的拐弯处
暂停或快进,扼住命运咽喉的
只能是自己的手

(选自《诗歌月刊》2021年第2期)

乡村记忆(二首)

田 斌

担水浇菜

父亲一大早去池塘担水浇菜
他弯身把水桶
往水里摁
桶边漾开了花

他伸腰担起水桶的时候
像担起了池塘,水面跟着晃了晃
天空跟着晃了晃,大地也跟着晃了晃
揉碎了满天星光

他担起的水桶
睁着一双明亮的眼睛
跟着他轻快的脚步
打量这个清新而明丽的世界

比歌声更美的,不是歌声
而是菜地里此起彼伏的虫吟
父亲无心贪恋这天籁之音
他用一瓢一瓢的水花
浇活了乡村的大地

(选自《中国作家》2021年第8期)

蓑 衣

爷爷穿过的那件蓑衣
一直挂在堂屋的中柱上
谁也不敢去动它

亲戚们来了,看见它
就像看见一段熟悉的往事
朝它有说有笑

好几次,我想把它取下来扔掉
父亲说,别动
挂在那,它就是一个念想

很多年过去了
蓑衣一直挂在堂屋的中柱上
每次回家见它
我就像见到一个风雨中穿梭的影子

(选自《海燕》2021年第 8 期)

后会无期（外一首）

代 薇

愿你良日启程
周游世界
如果再不相见
那就各生欢喜

我们留给彼此的
是冰川留给地理的
愿你永不回头
愿你值得我狠心

我也曾对那种力量一无所知

我也曾对那种力量一无所知
当我开始慢慢理解
宿命的意义
它是存在的
并不神秘
就是，你在遭遇一颗子弹的时候
应当明白
这一枪，其实早就开了

（以上二首选自《诗刊》2021年2月号上半月刊）

嘱托（外一首）

代红杰

这个冬初，零雨蒙蒙
82岁的母亲拉住我的手，用完了人间的字词
"不要告诉你太原的舅舅"
零雨蒙蒙。这个曾经冰雪聪明的女子
再也不会知道，两年前
比她小7岁的弟弟，最后的嘱托是
"不要让我姐知道"。零雨蒙蒙

到我为止，不传播世间悲痛

草之吟
（给家乡奔波的兄弟）

春节后，它们开始分散……

河流分散了它们
道路分散了它们

它们在土地的影子里谨慎成长

有的走向高处，似乎触摸到了天空
有的沿路面爬行，似乎接近了远方

但再也分娩不出体内的气息

不经意的一阵小风,它们多么慌张
像是被发现了生存的秘密

我见过一场暴雨泼出了它们赤裸裸的根须

这些脐带般的草
星光下,借助吮吸祖坟上的那块土,补充营养

(以上二首选自《草堂》2021年第11期)

时间静静流淌（外一首）

亚 楠

此时，一种声音消失了
静默的群山
在巨人眼里释放出
大片光芒

水依旧在自己的疆域
推波助澜
从这一刻开始
万物呈现出一派惊喜

似乎，有一个人
被他的影子埋进了山谷

而大地被记忆缠绕，也被
他的痛
吞噬。而那些逝去的爱必将
被爱填补

（选自《钟山》2021年第4期）

鹰在高空俯视我们

想起吐尔根杏花谷的情景
就仿佛

又回到了春天
多么美啊
那些寻梦的人也和我一样
带着梦来到这里
就把爱都说出来吧
我知道
这热烈的绽放
皆是杏花谷绝妙的给予
有人看见一只鹰
正在高空俯视着我们
但我却看见
两朵最美的杏花在枝头
簇拥着——
是啊,爱只属于那些
心中有爱的人

(选自《青岛文学》2021年第4期)

也门婴孩（外一首）

尘 轩

一说也门
我便想到乌达·费萨尔
一个在战乱之地饿死的五月大的婴儿
还会想到帕里德
一个在捉迷藏时被弹片击中的六岁男孩

和枪炮声躺在一张报纸上
乌达·费萨尔与帕里德是时间、地点、人物
不是事件起因，却是结局之一种

奄奄一息时——
乌达·费萨尔即便在哭，也因身体缺水流不出眼泪
帕里德哀求着："不要埋葬我！不要埋葬我！"

落生就是难民
没有充足食物，没有清洁的水
饥饿、干渴、疾病，被不远的风吹过来
没有选择权，无法将生活搬到别处

我想问问这个世界：
哪里才是也门婴孩最后的家园？

朗读者

住在我心上的人
放把椅，放把麦

谁在朗读一封写给上帝的信
一点点拨亮窗前的光?
谁在朗读静悄悄的黎明?
为表感谢,附近的鸟开始歌吟
谁在朗读或轻柔或沉重的事物
以及劳动者的呼吸
拿起,又放下一种命
为活着的声音,开路?

谁朗读最后的掌声
送一个背影从舞台离去

火苗在幽暗处抖动
在舞台上收声前
你终于朗读出这个世界的秘密

(以上二首选自《花城》2021年第1期)

吉祥物（外一首）

安　谅

应该把大白兔，作为
魔都的吉祥物。
由它冠名的
奶糖，童年的品尝，
至今颊齿留香。
一把在握，就是
一介财主，
也最早品尝了什么叫羡慕，
什么叫嫉妒。
在异乡，
太多人牵挂这个名字，
还记得谁送的这份礼物，
即便那个日子早已模糊
如今糖果并不稀罕，
宠物却还是笼物。
伴手礼赠送客人，
他们欢笑，活脱脱舞动的白兔
倘若处处可见白兔的吉祥
混凝土森林也会憨态十足

（选自《扬子江诗刊》2021年第5期）

正午时分的回眸

怎么看，黄浦江上的渡轮都变小了

我的记忆就是庞然大物
是巨鸟,在两岸来回穿梭
编织梦想,飞越阳光和迷雾
犁出的每一朵浪花都是惊艳的
是我茁壮于江涛上的一棵心树

很长日子,我在岸上飞奔
竟然都遗忘了这个美好的事物
感谢这个普通的正午
我有足够的回眸
对昨天作一番寻思和修复

怎么想,渡轮都是一个摇篮
在晃荡起伏中,
把我从浑沌中带出

(选自《上海文学》2021年第5期)

失物招领（外一首）

刘 川

昨天散步
捡到一根
粗大的铁棒
是谁所失
有急用否
是否在苦苦寻觅
我攥着铁棒
站在路旁
想做活雷锋
但一个个路人看着我
胆战心惊
侧身而过
落荒而逃
过去自卑的我
也一下子阳刚起来
一根铁棒
难道就是
我丢失已久的脊梁
人们如此胆小
难道它也是
他们刚刚
被抽掉的脊梁

我的心像豆粒一样饱满

就像豆荚
在成熟、干透时
轻轻一碰,就会裂开
弹出里面饱满的豆粒一样
在我十八岁时
你不小心
碰了一下我的胸膛
它剧烈地开裂
向你弹出了我的心

(以上二首选自《诗风》2021年第1期)

修 路（外一首）

刘高贵

在平原上修路
确实是一件很快意的事情
划两条线　把两边的土挖起来
往中间一铺
一条平坦的大道
就算大功告成

在中原这些年
我就喜欢在大地上动土
我喜欢看素不相识的人
从我修筑的路上走过
也喜欢顺着自己修的路
去探望旧友新朋

我坚信　如果照这样
一直修　一直走
一定能走进你的故事

飞

那时　天空总是有许多鸟儿在飞
它们飞它们的　你唱你的

后来　鸟儿们一个个都飞走了

天空阔大　你总说有点孤独和后悔

有一天　你忽然想要生出双翅
到云层上面去飞上几圈

再后来　你终于飞到天上去了
可是　飞去之后就没再飞回

（以上二首选自《大河诗歌》2021年夏卷）

风雨中的白玉兰(外一首)

冰 风

窗外,一株挺拔端庄的
白玉兰,静静地绽放
周边势力依然强大的倒春寒,有些惊慌
假意为她鼓掌

春光,躲在五月将要开启的幕后
暗中观察熙熙攘攘的人群
世俗的目光,尽被涂满红唇的花瓣秒杀
不见诗人的脚步,在白玉兰下吟颂

阳光下,白玉兰朵朵向上
白得纯粹,白得超凡脱俗
她让雾霾多日的天空不免有些尴尬
也让污染日重的土地,更加沉默

阴暗处,有人在精心策划一场反扑
四月的最后一个夜晚
乌云和黑夜合谋,纠集起所有黑色的污浊
铺天盖地,向白玉兰泼来

一场骤雨过后,白玉兰树下
落满花瓣,然而无论是那
依然固守枝头的,还是这飘零于泥土的
一朵朵,一瓣瓣,依然洁白如玉

沼 泽

当山不复为山，水不复为水
你陷入一种
进退两难的境地

脚步所及
既非坚实的泥土，又非清澈的溪水
犹如黑白交织的"太极"

如果奋力拔起，结果总会越陷越深
而想随遇而安、落地生根，你的脚却无法植入其中
尴尬如一团无法理清的乱麻

其实，不必为此焦虑
人生原本如此，一路走来会遇到各种难以预料的路况
沼泽能调整你行走的速度，改变你的姿势
甚至，可以让你领悟天地万物相生相克、相辅相成的
美妙"禅意"

大自然的沼泽，其功无可替代
它是地球绿色呼吸之"肺"
人生的沼泽其功也大，它以其独一无二的形态
为匆匆忙忙的身影，擦拭心底的
浮尘，或油腻

（以上二首选自《绿风》2021年第1期）

窗（外一首）

冰　水

红藤抽了新叶，玫瑰
发枝。
远程的列车开进无人的
车站：离开的人
已经离开。

小路空了，
山谷还装着整个黄昏。
夜幕彩排着蛛网的造型，
时间在挥霍。

灰鸽子，白头翁，和回归的布谷——
它们带来的是一半的春讯，冬雪的无字书
堆放在屋檐上。

谁能把草尖上和叶脉里的风声点亮
谁就拥有枯木之心。

或有一日，站立窗前观望
喧嚣会释放
吞噬过的一切。

女儿六岁生日

我精选的文字，不够用于
消融二月的冰雪。李树在开花，

杏树也在开花,
我们以拂晓命名
苦日子的尽头。

你是我身体里另一个隐喻——
我分娩的溪流和另一片森林,从你的音域
我析出自己。在爱和被爱中,
我是被宽恕的孩子。

远不止这些。阵痛之后
美的境遇:彼此印证的记忆,列队的
星星。记得我们
向着南坡的阳光奔跑,
撞翻了晦暗。

（以上二首选自《诗潮》2021年第1期）

虎（外一首）

安　琪

一块黑褐色玄武石
混居于曼德拉群山中一堆玄武石里
不甘于自己平凡的命运
每个夜晚，众石沉睡
这块黑褐色玄武石便悄悄起身
来到星光朗照的曼德拉戈壁
不断打滚，磨砺
直到露出平整的一面
有一天一个匠人来到它面前
说，此石甚好
适宜栖身一只虎

鹿

一只梅花鹿
一只美丽的梅花鹿
向树阿姨借来树枝树叶顶在角上
昂首阔步，行走在曼德拉戈壁上
它要去参加诗歌那达慕
它胸中有满满的激情，脑中有澎湃的诗句
它彻夜不眠写出的曼德拉诗篇
将由它自己朗诵

（以上二首选自诗集《秘境之旅》，内蒙古人民出版社2021年10月）

我把山歌做成一道菜（外一首）

米 戛

我把山歌做成一道菜
撵山的哥哥不要急
快来树荫下藏住身

喝一口我酿制的歌
喝出蜂蜜的味道
吃一口我用山歌做的菜
吃出山茶花的香味

箐鸡白鹇同一林，麂子马鹿共一山
撵山的哥哥不要急

每一棵庄稼都是山歌的嘴
每一座山都是山歌的路
我把山歌做成一道菜
渴了就喝，饿了就吃

借你的声音，把我的心事说出口

树枝上的太阳鸟一对挨着一对
大田里的谷花鱼一条追着一条
林间里的花花雀一只撵着一只

哥哥耙田从我家门前走过

也是在春天的黄昏后
蘑菇房旁边的刺桐花
红着脸掩藏哪样

寨脚竹丛间的相思鸟
一双一双地忙着做窝

哥哥折一片叶子做成叶笛
叶笛声从河谷底传来
叶笛声从山林里传来

越来越热的夏季
乱了妹妹的歌声

叶笛呀，叶笛
借你的声音，把我的心事说出口

（以上二首选自《作家天地》2021年第1期）

春天里的大河(外一首)

孙大梅

春风把高山积雪
一次次搬向远方
它们在不依不饶的风中
已别无选择
失去了棱角就意味着
随波逐流
奔腾而下,汇入山下
一条条通往春天的大河

正是这些失去棱角物质
把那些铁和石头融化

江边的燕子

在冬天经常遇见几场雪
它掩盖了大地上原有的
一些微不足道的事物
天上的雪看着我不肯轻易落下
那些冬日里的溜冰场
空旷得让回忆突然痛哭

少女时代的冰上速滑
北方江边小城上的
一场场大雪啊

雪白的镜子上

一只燕子轻盈地剪裁着

雪后为数不多的浮沉

（以上二首选自《诗刊》2021年6月号上半月刊）

星丛哀歌(外一首)

孙　萌

很多人身上最好的部分已经死去
靠最坏的部分活下来
没有感叹号的人生路途漫漫
疑问的星丛逼近,是梦还是噩梦
鸟儿扑打着天花板
它的耳朵是星丛,听到收网的声音
被偷走的一年像一只黑天鹅
随时落在城市的屋顶
它的翅膀是星丛,多种智慧结晶成的暗物质
蜂群牵引美奔向另一个次元
它的眼睛是星丛,看冰冷的岩石中冒出奶与蜜
各种大开眼界各种耳旁风
在斥力与引力间上演乌托邦幻术
被封杀的抒情呼唤最美逆行者
咽下所有的温柔,在胸膛内化作一颗子弹
爆炸声也要吞下去,就像从未来到这个世界
如果你碰巧听到了这一声沉默
你会听见沉默说:
"谢谢你曾爱过我!"

新民间情歌

看完"为了前方——张光宇艺术12燃"展览
驱车回家的路上,看见一棵像你一样的树

想起一幅画:民国女子脚踏板凳手扒墙
踮起脚尖,两眼睁睁看着情郎
"奴奴有巢无鸟宿,情哥有鸟却无巢"
光宇先生的民间情歌带着桑间的活泼国风
吹进城市的内脏吹进那片树林吹进那间酒馆
年轻的爱神有着一颗怦怦跳的心
弹着爱你想你爱你想你爱你想你的两根琴弦
在长满银杏树与紫丁香的花园,反复吟唱

牧羊人的山坡上长满青草
在日月之间,有一道缝隙
等待光的直射、反射、折射与散射

(二首选自 2021 年 2 月 6 日"在水面上行走"公众号)

给爸爸（外一首）

孙英辉

来，爸爸
我要给你系上扣子
拍掉衣服上的灰尘
以及生活中的烦恼
让你觉得，养女儿真是甜蜜
你再慢点变老，好么
我们还有很多事要做

比如，我们去看看
春天的花开得如何绚丽
聊聊早市谁家的菜更鲜
要么我们去广场转一圈
遇到风，我会拽拽你的衣袖
看，天上的云多朴素轻柔
就像我们的话语和脚步

夜里失眠，你可以回味
女儿怎样领你
慢慢过马路，像走过你的每一天
或是慢慢把你从窗口领回屋
说，这里有风，别吹着

这些是我从春天
就开始给你培育的浆果

现在,你可以伸手去摘
生活的苦我已为你剔除
你只尝尝这甘甜,就好

来自天堂的信

妈妈,那时我不知道
河水要把我运送到哪里
也不知道
风是否告诉它,你的方向

不是我冷。再多衣物
也裹不住你的颤抖
你比我更冷,妈妈

时间用一把巨锁
锁住我六岁前的语言
但是天堂,将把我释放
我也有翅膀和歌声

我会无数次拥抱你
在你熟睡时,更多时
我变成天使从你身旁飞过
看你笑,也擦拭你的泪痕

你听,我从每一个
叫着"妈妈"的孩子口中
喊你,那不是幻觉。

(以上二首选自《湛江文学》2021年第12期)

回到天堂（外一首）

孙霄兵

经过热海寒洋的气候
最喜欢的还是凉爽
到过五彩斑斓的远方
最想念的还是家乡
见过百草千花的美女
最热爱的还是亲娘

如果雨中透出阳光
如果亲娘还在家乡
那我就懂得了
什么叫做天堂

秋天，我的牙齿掉了

今夜，秋风加深，我的
很大一颗牙齿，完好无缺地脱落。
洁净，精致，宛如汉白玉坠。
无痛，无血，心却越来越虚弱。
茂密的头发，俊朗的容颜，
青春的理想，无瑕的健康，
旺盛的精神，爆发的力量，
奔放的热情，骄傲的业绩，
这些生命之珠，都渐渐落下，
渐归于尘土。

爱情、友谊、思念，
也陆续在风中飘逝。

我们这一代人，在秋天老去。
心有不甘，却无可奈何。
重新奋斗一遍，重新经历一生。
会少走多少弯路，多增多少机会。
但一切已晚，一切已逝，一切不可重启。
只能将过往的年华，
化成宝贵的记忆，与泪水一起珍藏。
而辉煌的共和国，和可爱的儿女，
却迎着秋风秋雨，在天天成长。

（以上二首选自 2021 年 12 月 24 日"浅行诗歌"公众号）

大海有着柔软的飞翔(外一首)

阮文生

用玄武湖画一幅又深又蓝的心情
一笔带出的水立方
丰润着倒影,莹亮着作品
六朝金粉在蝉鸣里一闪一闪

过多地使用夜晚
下手有了深重的习惯
太急太快改一改好吗
玉石肯定好烫好烫了
艺术和科学有时属于同一山头
紫金山的天文台
正在聚焦更多的星辰
心跳落纸上不再脆薄苍白平静
波涛够了吗
海燕已经展开洁白的翅膀
大海会来的
大海同样有着柔软的飞翔

涛声我早听到了
心潮汇进远方
最近的是一条大江
奔跑是有光亮的啊
闪电配得上
江滩把距离留下

燕子矶的雨花石
是多少年前搬动一条大江
碎裂下来的遗忘
它们五彩斑斓了江南
它们密实了一个日思夜想

借着潮声到达鸡鸣

晚上谈论天气
一直谈下去
才能出现黎明
换个话题吧
一场大雨就是个酣畅淋漓

漫无边际最好
没有那么多的问题需要澄清
大楼的钟声足够清晰
拖长的尾音另起一行

一个画意
在打破砂锅问到底
旋转的边沿
酒和童年不会站得稳实
非常好奇
这会儿好奇真的就是它自己
我伸着头
站在一起的不止我自己

汹涌的东西多了
借着潮声一样能够到达鸡鸣

（以上二首选自《品读》2021年第11期）

中年痛（外一首）

邵　悦

有时是颈椎，肩部，膝盖……
轻微的痛，常被我有意忽略
它们容不得被我忽视
各自从关节部位出发
阻挡我执着的行动

腰痛，是我最重视的一种痛
挺直腰杆做人
一生都不能懈怠
再痛，也要挺住，挺直

时不时的头痛
是我意料之中的事情
被人间烟火所困
怎能挣脱酒色财气的绑架

不老不小，本身是一种痛
也是一种尴尬
各种疼痛度，逐渐上升
唯有心痛，渐渐减弱

愤青

秋天，很深了
一颗倔犟的苹果
还悬在枝头，摇晃

成熟的果子都已落地
它们经历的风雨、日光和月光
已经成了甜蜜
只有蛀虫知道悬在枝头的
那枚青果是什么味道

一面红，一面青
它似乎不打算完全成熟
红的一面像感恩
绿的一面，像抱怨
孤零零的，悬着
在和萧瑟的秋风赌气

（以上二首选自《草原》2021年第9期）

十二时辰（选二）

杨 梓

卯时：叶茂

太阳跳出海面，乌云变白
蓝天更蓝，把浩渺星空关在门外
羊羔沦为红尘，皮毛闪耀金光
所有的泪水都被忽略，甚至鲜血
兔子追逐，积蓄的力量瞬间爆发
草扎的刍狗弃于荒野，鸟鸣不已
无人击壤，无人感恩土地的养育
但膜拜仍在。一夜的狗叫依旧尖利
点卯之时，我站在城市的阴影下
阵风刮过，一粒沙子钻进左眼
我低头眨眼，右眼陪着流泪
分不清虚空和充实，众人忙着赶路

巳时：物成

太阳经过桑野，至于衡阳
万物向上。长蛇潜伏于莽草丛中
这是你的黄金良辰，当下无比明澈
任何语言都无法描述你的来处和去向
几千年后，每天的轮回早被替代
只有我奉你为掌管时间的女神

让麦穗形成自己，让我回到原点
青青翠竹和郁郁黄花交替出现
云卷云舒，一声鸽哨洞穿尘嚣
树隙之间，阳光投下时间的倒影
新耕的麦地得以解脱，一派慵懒
被喜鹊、乌鸦和麻雀再三覆盖

（以上二首选自《诗刊》2021年2月号下半月刊）

望火楼和护林员（外一首）

杨志学

茫茫林海中
凸现一座碉堡式的建筑
它，被称作望火楼

这是护林员的家
室内，以简单之陈设
供生活之必需
但护林员以满足之心
做着忘我的事情
因为，这里是他的岗位
他要绝大多数日子待在这里
以孤独为友，与寂寞做伴
（不，数不清的树木是他的伙伴）
把这里变成了家
而常人眼里那真正意义上的家
于他而言成了很久才去一次的驿站

游客眼里的风景
却是林场生命之屏障
那一刻，我真切体会到了
什么是定心丸，什么叫千里眼

离开了大局子林场
却牢牢记住了望火楼

脑海里时常闪现出

那一张粗粝而黝黑的脸

护林员，真正的硬汉

其实，他并非沉默寡言

难忘那一天我们倾心交谈

他明亮的眼睛，质朴的话语

还有不时绽放出孩子般笑容的脸

（选自 2021 年 12 月 12 日《工人日报》）

飞雪迎春是一种意境

飞雪迎春是一种意境

意者，是天意也是人意

境者，大自然之物态境象也

天地间，雪成象，境生意

主客交融一体，酿就诗情画趣

古代诗文里对飞雪迎春已多有描绘

当代一位伟人更将其发挥到极致

他以飞雪作为背景和起兴

烘托出寒梅傲雪的高贵品性——

俏也不争春，只把春来报

今天我们见雪，伴着飞雪读诗

感受到风云激荡，岁月变迁

品味着人生的美酒，生活的甘甜

青山不老，我们正年轻

我们的诗情也随着漫天的雪花飞舞

我们在大雪中走进春天的意境

迎春的诗篇在茫茫飞雪中一气呵成

（选自《上海诗人》2021 年第 1 期）

夜像安静的豹子（外一首）

杨绣丽

夜像安静的豹子
柔色的灯火是它毛皮的闪光
我在它温柔的蹄子下潜伏
回味白日的危机重重

爱情的幻象如此富足
你在，昨日的精彩便历历可数
你是铿锵的君王
如豹子一般，主宰我
深沉的梦乡

我的爱如竖琴般高举
美妙的气息与诗句同在
我用一千只舌头把爱来歌颂
你是我青春的处子如此专注

凡未被探访的繁花
它们都是你我未来的共同礼物
我们披上时间的斗篷
穿过清芬的花圃
誓言结成的硕果
会以全部的力量呈现真实的面貌

我会期待，在如此安宁的夜

在豹子的心脏和腹部
我正向一个奇迹靠拢!

做一棵艾草

端午铿锵的鼓声里,为了怀念一个诗人
我想做一棵芳香浓郁的艾草
和古代这颗做梦的心遥相呼应

我也想做梦地活着
和那些芬芳的香草美人一起
谈谈高洁的橘子树,谈谈忠贞的湘妃竹
谈谈二千年来值得漫漫求索的事情

在长江舒缓而平静的入海口
我从泥沙俱下里打捞不朽的气质
做一棵芳香浓郁的艾草
像一副春联,守住寂寥的诗歌门扉

守住源头的冰清玉洁,守住问天的激昂
一棵艾草就像一枚光洁的词语
在离骚中,助我突围

更早的艾草青春,为了深爱的土地常含泪水
今天我也想做一棵燃烧的艾草
像孤独的三闾大夫,为一个时代熏蒸

(以上二首选自《上海文学》2021年"上海国际诗歌节"特刊)

鱼　宴（外一首）

杨炳麟

我不和它对视，盛大的鱼宴
把欢乐放在每一根肋刺上
摆着尾，张着腮，追赶最后一粒粮食

我不和共宴者讨论：鱼眼
最初的细节。抽了筋，去了腥
秋季里一次必备的围猎

整齐地停泊，沉默的画境
我把鱼眼里的白挑出
对水里的腥只字未提——

有害的蟑螂

死吧，一只黑色的蟑螂
从微弱的亮光下爬到我的脚前

我有一丝羞愧，面对它
被粉碎的脏器，它的痉挛

我的厌恶。一个失去秩序地爬行
一个被宁静撕扯的瞬间

我在用力，用我的脚尖

把一种无名的愤恨变成齑粉

突然，很想放声悲恸。我知道
阴暗处还有很多活着的幼蟑……

（以上二首选自 2021 年 10 月 18 日《河南诗人》公众号）

在一首诗的末尾(外一首)

李 成

万念俱灰!
在一首诗的末尾出现了
一簇青枝绿叶

在一首诗的末尾
竟然驶出了一对火车
不 还有一只凤尾船

让人啼笑皆非!
鳄鱼也适时地出现
有力地掀动长尾

不   让人松了一口气
云层中若隐若现的
不是龙 而是一弯彩虹

多么庆幸   在一首诗的
结束处   滚出的是
一只菠萝 而不是那没有爆炸的雷

在一首诗的末尾
我悄悄也架了一座桥
现在那里没有人
(但或许有一天会飘过衣袂)

可怕 又驶入隧道
但好在不会泥牛入海
它会遗下一节蛇蜕

尾大不掉的虚无
紧紧地追随着那首诗
但我的心并不会碎

因为那首诗写在星期天
我还会期待星期一
诗里跃出花豹与花鸽子

它们将比翼齐飞!

(选自《延河》2021年第7期)

月下的海

如果你不能带我飞翔
为何带我到荒凉的海滩

一轮赤裸的满月
仿佛圆润的脸庞
俯向洁白的肌肤火热的胸膛

海上每一缕波浪
都为你生发
都为你铺展晶莹的浪花

无数的鳞片在聚合
在扩展　仿佛大海伸出
无数翅膀

一层层涌动一层层叠加
一次次试验
围绕你在空中飞翔

那一刻你的光
骤然增强　整个海空
无比光亮

飞吧　随着你飞去
飞越千万重关山
飞往天外又一重蓝天

可是　为什么在跃起的
刹那　又重重地跌落
是谁束缚了海水的翅膀

我的心也坠入海底　那里
难道有一枚沉落的太阳

（选自《星星》诗刊 2021 年第 10 期）

我想做个乡村邮递员（外一首）

李 皓

我说它是个神圣的职业，我想
做这样一个，神
我出现在哪一家的门口，那一家
墙里墙外的树，就绿了，花也开了
他说他等了好久了，她说
信，终于来了

他们甚至会问，这些年你躲在哪里
我说我的绿衣裳，一直晾晒在
河边的柳浪里。我扛着绿邮车
从春水里走过，湿了裤腿
我并没有弄丢你的信，如命的沉甸甸的魂
我只是暂时溶解在春风里，柳梢头

如果爱情是一张纸，薄但有质感
如果思念，是一些堆积在一起的华丽辞藻
这珠玑般的字，空口无凭
每一个乡间的门楣都在向我招手
我神一般的降临山村
让那些朴素的灵魂会觉得情有可依

我敬畏那些信封，笃信深情可以续命
走在山路上，像天使在飞
爸爸的家书发出一道道满月的光

我带给童年，童年也带给我一个个不眠之夜
邮车清脆的银铃声如火山口流出来的乳汁，
而我必然是乡愁，忧伤的一部分

地铁词典

一站，一些词被丢下来，一些新词
挤进去，词典越来越厚
下一站，新词变成旧词
翌日，旧词被早高峰再次刷新
词语的波峰浪谷，在地下
被一具又一具钢铁，包裹，投递
投递到单位，公司，学校，职场
这时候分出来你是领导，我是员工

在地铁，词和词只有六个区别
高，矮，胖，瘦，男，女
冬季，这些词就臃肿起来，像一碗
又一碗加厚的羊汤，汤被肉挤得生疼
骨头有时候在加速度的支持下，东倒西歪
一些词成了靠山，互相支撑就是一个长句子
句子因为冗长，而变得只剩下静电
一个人的地铁是诗，一群人是词组句子

我被词组拆解下来的时候，有了名字
句子还是那么长，词们宽松下来
我头顶着两个字组成的词，走动起来
就是一列地铁。停下来，就是一个车站

（以上二首选自《鸭绿江》2021年第11期）

空房子(外一首)

李易农

那几年,阿奎带走了米面
阿峰带走了牛羊
后来是阿伟带走他的爹娘
他们都去了城里

越来越多的人都去了城里
他们的故乡,只剩下了空房子

歪歪扭扭的空房子
寂静的,仿佛是被掏空的卵
再也没有了生命的
呐喊,一篇文章
就这样画上了句号

赶 路

从黄昏时起步
不论转身还是左右拐
身边始终都有很多人
和我同一个方向行走
而到了黎明,才发现
我的身后已经空无一人
有的只是露水,沾满了我的
额头
干净的露水,赞扬着尘世

(以上二首选自《牡丹》2021年第6期·诗歌专号)

易碎的芬芳（外一首）

李爱莲

早上醒来，发现自己正处于一片空旷之中
山在夜里被大雪覆盖

兔子在窝里清洗自己的耳朵
麻雀在电线上整理自己的羽毛

很多草木过于期待春天
提前描绘自己的花蕾

易碎的芬芳，举着易碎的花
渴望被正好经过的春天接住

更遥远的北方

更遥远的北方
无限的雪懂得大地的白
白天是雪，夜晚是雪
寒冷是雪，崭新是雪

被雪挽留过的黄昏
被雪擦洗过的家园
被雪吮吸过的太阳
被雪思虑过的悲愁
被雪静修过的苦行僧
从骨骼到血，都是白色的

（以上二首选自《作家》2021年第10期）

山 野（二首）

李建军

野山溪

几声鸟鸣像一枚针线
缝补了野山的喧闹
一支清溪，像无邪的眼睛
阅读沿路的巨石

它像一册未翻过的书卷
水珠跳动着新奇的语言
野兰花轻盈地绽放——
也是一种负重欲望的舍弃

从源源不断的上游中来
到一望无际的下游中去
这唯一的流水，让我放下，举起
像漂浮、倔强的草叶
拒绝一切的挽留与芬芳

野果子

先有种子，是满山月光回归多情的故乡
是细碎的雨声，剪下梦的翅膀

后有叶子,在雾霾的刀山剑林中
偶尔露出狰狞的血痕

再有花蕊,天空是孤悬的钟
敲不醒它寂寥的影子

而果子,是蜻蜓拖着尖锐的火焰
是牛的眼睛流出的忧伤

雪压枝头,谁来悼念这流浪者的亡魂

(以上二首选自《台州文学》2021年第3期)

灯光（外一首）

李商雨

灯光

午饭时，他们习惯性把灯打开
这不但会让客厅
也会让他们的心更亮一些
尤其今天，光线更暗了
更有开灯的必要和理由

这是在阴雨下了两夜一天
终于暂停的时候
客厅里的雨气，让人感到
整个人世都是雨气
一种阴冷呈弥漫状
但无法知晓弥漫的核心

不到两岁的孩子用手抓饭吃
他还没学会使筷子
妈妈半抱着他，一边与爸爸拉家常
她偶然冒一句：咱们一家人
在这房里还是有些孤单的
爸爸迟疑了一下
说话的间隔，吃饭继续

客厅里照亮他们的灯光
也照亮他们的心,在人世

柔软之物

柔软之物不是来自
父亲的怒气冲冲
也不是他吼声中碎裂的阳光
也许他眼里的人世

并非柔软,而是坚硬的
就像冬天球场的水泥地面
那种运球的声音里
就有一种生疼的坚硬

柔软之物的存在具有偶然性
比如幼儿发出的一个短句
他的发音不准,n-l 不分
但其中的神性,不言而喻

人世的坚硬因一个句子而变软

（以上二首选自"半岛诗刊"微信公号）

风满衣袖(外一首)

张怀帆

现在,我站在半坡
那个让曾点的春服飘然
掀动孔子长髯的清风
那个被庄子安装在鲲鹏翅膀下的
长风,那个被列子
驾驭着滑翔的劲风
正在灌装进我的身体
春天的马达
自由的浪潮
地球,仿佛都在飘
飘成一颗绿色气球
我感觉我正在变轻
变轻,只剩下耳边的风
只剩下七克灵魂
我要闭上眼睛

此刻,我的衣袖
像个巨大的风袋
正在装进整个山坡的风
整个春天的风
我的身体里,好像
安放进去一头幼虎
多少年,我仿佛都在吃力地
为了自己的衣袋

此后,我将满足于
风满衣袖
咏而归

路过一棵树

风在不厌其烦地翻动着树叶
仿佛要在树间寻找丢失已久的
寂寞。没有鸟窝,没有蜂鸣
甚至没有一粒尘埃遗落
山里的一棵白杨树
它的头顶,是一座就要坍塌的
白云。风在不厌其烦地翻动
树叶,树叶在摆动
而喧哗的是风
我是在正午时分偶然经过
坐在树下小憩
我听见亘古的风的寂寞
让山里的这棵白杨树
不断长高长大,直到
遗世独立
我看见一只蚂蚁,正在缓慢地
穿过,它的身上背着
一朵白云,好像正在穿过一座
辽阔的荒原

(以上二首选自《延安文学》2021年第5期)

登西山记（外一首）

阿 毛

经灵泉寺，入松风阁
拜苏东坡与黄庭坚
越石开门，过避暑宫
登武昌楼

我不是刻意忽略
吹拉弹唱的秀园
和舞文弄墨的九曲亭

真相是现实主义的西山
要压着浪漫主义的西山

我刚刚看到——
一小儿撬地面的大理石
一老翁钓泉里的鲤鱼精

现在又听到——
抖音里的东坡肉和东坡饼
声高拍岸的赤壁赋和千堆雪

（选自《诗选刊》2021 第 3 期）

天 性

无论徐行还是疾走
我们都会本能地避开

阳光下或阴影里的
刨木花、锈铁钉

我会留意木匠、铁匠的背影
并视他们为父兄
以目光摇晃他们的肩膀——
"谢谢你的木课桌!"
"谢谢你的铁栅栏!"

他们教会我的
就如风教会树的
但树并非总是想摇晃
它只能保持了
触碰、舞蹈和朗读的天性

(选自《长江文艺》2021年第1期)

存在与时间（外一首）

陈巨飞

我有一只闹钟，它拒绝走动；
我有一颗核桃，它还年轻。

八岁时我参加过葬礼，
热闹的气氛
让我也想跟着死一次。
我的穷亲戚，死时，
手里紧握一个废弃的钟摆。

她种过青菜的手，
现在攥着自己的时间。
她皱巴巴的核桃一样的脸，
是不再走动的钟表。

（选自《江南诗》2021年第3期）

从匡河到天鹅湖

秋风在渡我，也在渡燕子、梅树和顽石。
万物皆可被说服，成为合作的一部分，
万物在运动中取消偏见。
春天被匡河点亮过的人，秋天的夕阳
照在他的脸上。哦，他的脸，
和天鹅湖的湖面一样神圣。

想独处,就给他一片香樟树林——
香樟果子落满一地,踩上去,有隐隐的雷声。
他不必爬到香樟的顶端,就可以
接受秋风的教育。
想群聚,就给他一条隧道,
穿过天鹅湖的湖底,与湖面上的秋风再次相遇。

（选自《芒种》2021 年第 4 期）

羞　愧（外一首）

陈波来

某些时刻入海口是趋于消失的
看着这么多流水无辜消失，这么多
河水悄无声息地化为海水
宽阔替代以往的夹岸逼仄
宽阔得无边无际呀
我羞于立在原处，羞于这立着的肉身
五十多年了仍然形销骨立
还没有消失殆尽

某些时刻我羞于见到入海口
风照吹，水流汤汤
我为它毫无羞愧的样子而羞愧

白　露

这个九月，又会碰上白露
露从今夜白，但入海口只有风
只有貌似撇不清的涟漪
和暗流，和秘密
划行的苍白的手，和落落翅羽
一直被浪舌淫邪追堵。钟声
传得很远，像骑楼里的好名声
那女子坐到现在，她的身影
在斑驳的窗栏、楼梯和墙壁上

巨大而弯曲

像涂在纸上的入海口
只有白浪显出更白的样子

（以上二首选自《延河》2021年第1期下半月刊诗歌专号）

特别的生日（外一首）

陈修平

儿子出生后
我的每个生日，都会
给留守乡村的母亲打电话
语气间透着的温柔
令妻儿讶异不已

我不可能见到自己出生时的样子
但我见证了儿子出生的整个过程
冬日里，妻子满头汗水近乎虚脱的样子
命中了我心底最柔软的地方
击穿了我眼眶最隐秘的泪腺

儿子大学毕业后的第一个生日
我和妻计划去儿子工作的城市
儿子却请假回家了
这个生日，我们过得
特别开心

（选自《天津文学》2021年第5期）

母亲与母亲节

小时候，在偏远的山村
天天都能见到母亲

却不知还有母亲节
中午,母亲从田地里匆匆回家
踩着点儿做好饭菜,等我放学
傍晚,我做完作业,常坐门前
守候母亲披着月光荷锄归来

长大后,在母亲目送下
一步一步渐行渐远
如今,知晓母亲节了
母亲却不在身边
只能趁节日多打个电话
或在朋友圈晒晒感恩和思念
留守山村的老母亲是看不到的

(选自《鸭绿江》2021年第5期)

怒 江（外一首）

陈群洲

水是刀子最柔软的表现形态
劈开时间跟群山的，永远只有流水
沉默不语的铁一旦融化
便开始咆哮与奔腾
也只有在这样的时候，我们才能看清
一条河流不太常见的面目
它怒不可遏的表情和翻滚的内心
它，血一样的热浪
终于被点着了

（选自《江河文学》2021年第6期）

煮 茶

许多年后，一场始于春天的爱情
被一壶冰泉重新打开
越来越急促的呼吸里
青春的烈焰再次点燃了

奔腾的香，比想象还要庞大
天空嫩黄。沉睡的花朵张开翅膀
一阵一阵的风，扑面而来

与隐隐约约的春天对话

就是在尘封的旧事里找寻自己

一切终将归于平静。而有些东西
总是无法远离，比如面色红润的春天
比如，曾经的枝头上小小的绿

（选自《星星》2021年第1期增刊）

黎明（外一首）

郁　笛

是的，我看见了树荫下最初的明亮
在这样的清晨，一个县城还没有完全醒来

一些蒙着乡村尘土的水果车，在轰鸣中追赶着
另一辆屁股上冒着黑烟的红色摩托车

而蒙着面纱的妇女们，在铺着红毯的三轮车上相视无语
无花果的篮子上，盖着一张张硕大的绿色叶片

出城的道路，紧挨着水渠，水声就要暗下去了吗
一群羊拥挤着，在黎明和朝阳的田埂上歌唱

收割玉米的人

就像这些倒伏的庄稼，玉米围拢着一座安静的庭院
果树。羊群。安静的收割者——

一群孩子站在自家的果园里张望，灰尘扑洒在红脸蛋上
经过了一刻钟的喧闹，孩子们安静了下来

这是怎样的秋天，我遇见了一片茂密的玉米地，缓慢的收割者
我看不见他的脸庞，他低头弯腰，一个人，率领着一群孩子的
寂静

（以上二首选自《山东文学》2021年第1期）

人潮涌动（外一首）

宗焕平

那么多人，其实是一个人

最多两个人

一个男人，一个女人

一个好人，一个坏人

一个拥护你的人

一个反对你的人

就这么简单

那么多稻谷，那么多鸡

其实是同一粒稻谷

同一只鸡

你反复吃——蒸，炸，煮

那么多花朵，其实是一朵

最多两朵

一朵在开放

一朵在凋谢

（选自《现代青年》2021年6月号）

百感交集

鸟在空中飞翔

人在地上赶路

宇宙浩瀚啊，未知的秘密

远远多于已知

行走，攀岩，擦拭桌椅，平衡木
假面舞，整容术，谬误，真理……
无非是动作，方式，或者意义的重复
无非是硬币的两面
最多是皮与毛的关系
这个世界真正脱胎换骨的事物不多
许多高坡至今没人逾越
许多次殚精竭虑的努力
竟抵不过一个电话或者几个文字
可叹的是，现代人穷其一生
一次次惊呼的所谓新大陆
甚至连重复都不是
想起这些，我就百感交集

（选自《新华诗叶》2021年秋冬季合刊）

今夜,有风来(外一首)

宗德宏

今夜,有风来
有清浅的秋,挽着时光
迈出轻盈的脚步
从水岸、远山、小径来
并以无形的手,推开三天热浪
在你我之间
抖落一身的芬芳

日子在往前走
它去的地方,渐进苍凉
田野枯黄了,大山绿瘦
而那些明亮的记忆
无法狂放
睡在了过去的怀想里
我为落叶忧伤

借一束光,照在西窗
靠近寂静的夜晚,在未来之上

(选自《稻香湖》诗刊2021年第1期)

属都湖

绕你一圈,在木栈道上

我不敢放开脚步
你 3625 米的高度，使人呼吸急促
对于野生草木及湖中鱼儿的嬉戏
我想多一会儿关注

雨，时停时下，时密时疏
这反倒增添了我的游兴
仙女何处？据说
用此水洗一洗眼睛，可以明目

但愿，未来的日子里
在我行走的时候
不会迷路

（选自《现代青年》2021 年 6 月号）

在尊贵的内心里开枝散叶(外一首)

欧阳健子

内心不死。坚如磐石
内心平静。静水流深
内心装有河流 湖泊和明月
此生波澜不惊
终究会清晖照人

内心不亢不卑
自由的种子撒满人间
在我们的身上开枝散叶
我们浑身发光
脚下紫气东来

在黑暗中摸索
在泥泞中匍匐
在悲伤中前进
一颗强大的内心
足以平息一场风暴
足以让一块巨石滚上山顶
足以让痛苦和悲伤
在黎明之前开出花朵

在内心深处放置一块压舱石
不忘初心。整理行囊
紧紧握住手中的绝命王牌

时间和生命的水草将会浮出一水面

彼岸。青草遍地
白鹤在花丛中逡巡

在荷花里看到清白的人间

一片荷叶的碧绿
覆盖住水的空白
始终掩不住荷花鲜艳的脸
遮不住那些粉红或者嫩白

她依旧在那片水域
静静地等待着我
她亭亭玉立的身体
和我乡下的小妹一般可爱
一只唐诗里的蜻蜓摇摇晃晃
让古今的长词短句变成绝唱

面对一朵莲花
请你不要言语
你屏住呼吸的器官直达
一个清白的人间

（以上二首选自 2021 年 7 月 23 日《西南商报》文艺副刊）

答 辩（外一首）

单永珍

一只黑蝴蝶在黑暗中自豪不已
故乡的屋子里
黑蝴蝶的衣裳越洗越黑

东方动了，黑蝴蝶用黑纸白字
完成了自我的答辩词

（选自《海燕》2021年总第538期）

在张撇，我忍不住想喊

我想知道，心里落满多少尘埃
才有足够的勇气
描述一株玉米从春到秋
栉风沐雨的一生

我似乎忘记，方言的偏僻
在一个叫张撇的深度贫困村日复一日
并且得意忘形。只有
伤口无法愈合的人
才会在黄昏关闭窗户时
才会疼得
喊出一个久违的词——
故乡

（选自《作品》2021年第3期）

霜 降（外一首）

罗 巴

唯有今晚
世界落入白色
霜
从月亮的窗口飘来
惟有树叶能够参透
它的目的

松针变粗　更温柔的锋芒
站立在睫毛之上
今晚　　除了河流和大海
没有人
能逃脱霜的掩埋

我有一颗滚烫的心
锁在冷酷的泪珠里
年复一年
我等候一把有力的钥匙
将它打开
我有成堆的宝藏
埋在远方
等待一个特定的强盗
从山洞里抢走

我广大的世界

今夜落满厚厚的白灰
我愿明天早晨
太阳的和风将它们吹走
在打扫干净的大地正中
我不后退　不倒下　不绝望
我站着面对
被冻得完美的初冬

在有秋雨的街头

独自,停留在秋雨中
我再次,想找回自己

雨线失去了风,天空中的蓝
一次又一次被扫除
此时,谁的手被捆住
谁就与他人离得更远

站在秋雨中,无法不想到你
远得不能再远的院落
每片树叶都被
一个名字中伸出的手
从树枝上撕去
一滴秋雨,让我们之间的水更厚
十月或者十一月
有雨的正午和子夜
有雨的内心,无边的潮湿
使走远的日历
顺着花朵死亡的路径漂回
让我们之间的水,更加密不透光

石头躲进青色，跟随野兽

喘息着从山中出来

秋雨中，一点点破碎、剥落，蜕化成灰

街道两边，人影支离

如同突然出现的行动的鬼魅

车辆急切地奔向极限

我的头发收集着秋雨

稀疏，亲密，短暂

花一样蓬松，白一样虚无，恨一样难忘

它用针一样，又尖又细又硬的声线

呐喊出我的呐喊

（以上二首选自2021年12月《九江日报》月末版"长江文学"）

那些草们（外一首）

孤 城

谁在风中　身腰一弯再弯
把泥土当作约定的方向

最后一拨雨水　踩过来也踩过去
草的肩头开始接近一个人内心的
空灵　仅剩下一簇零乱的月光
没有霜重　且比雪轻
刚好能系住浮动的村落　辽阔的寂静

如果有一天　草们枯死了
那也没什么——
生命过于沉重　在两个春天之间
允许换一次肩

冰 瀑

水流许是一层一层被冻僵的
这些掉队的激情
被剥夺了流速和水声，悬而未决
足可使人
在水上，刻下留言或名字

久等春风来松绑的冰瀑
被向下的力道逼得

惨白

锐利

像倒挂在钩上,被洗净的

此生

（以上二首选自《诗刊》2021年第9月号上半月刊）

安家（外一首）

赵 琼

我的国土，很大
但在我的心中，它总被浓缩为
一面红旗的面积
每当迎风，它猎猎的身影
总能携一片片彩云
——还原，它应有的河山
以及龙腾的身形
即使是在没有风来的那一瞬
它的低垂，也努力
使自己，更像一枚
饱满而深沉的禾穗

我在千里之外的哨卡
想我千里之外的故乡
其实，在每一个战士的心中
故乡和亲人，都如影随形
每每夜深人静
只要在梦里喊上一声
他们都会在梦外
一声一声地，回应

隔着一条界河，我和我的战友
都是界河里一朵又一朵
从不认输的浪花

我们载歌载舞地奔走
在家园的门口,只为
亲人和国土,安详于一幅
富庶的版图

回家的战马

河道里的水流已经枯竭
除了风、尘土、落叶
还有一匹,驮着一枚月亮
跑来的战马
久久地,在河道里伫立
像那个,被它驮着回来的归人
久久地,凝望着枯瘦的
柴扉

战马站在河道里
用前蹄,叩开一层又一层
板结的淤泥
仰首冲月,发出一阵
如军号一般嘹亮的
嘶鸣
不像那个归人,轻轻地推开柴扉
却不敢喊出,哽在喉头的那一声:
"母亲!"

(以上二首选自《星星》2021年第10期)

漩 涡（外一首）

赵克红

我站在河岸上　看到一个
巨大的漩涡　如同河水避之不及的
一场苦难
看不见它的牙齿　只听到
惊心的咀嚼声
浪花一朵　一朵　带着各自的
理想和悲欢
或沉默　或呼喊着
跳进去
很快就消失了
这多像我记忆里
那些亲切　卑微的身影
面对生活里的漩涡
收不住
也避不开　甚至
来不及迟疑地　把自己
填进去

古江渡

江水平铺直叙的手法依然如故
亿万年不厌其烦

长风中　谁在诵读这神性的长词

谁又在沉吟中洞悉了历史

树叶萧索　白鹭起落
冷沙敲打静卧于秋意中的舟船

踌躇满志的人　总不知何为他乡
望对岸　瞬间有了老迈之慨

（以上二首选自《人民文学》2021 年第 12 期）

旧石器（外一首）

段新强

它更陈旧了
它是大地上最早枯萎的那块石头

但它依然活着，在厚厚的黄土下
紧紧抱着一粒远古的心跳

它还有不可感知的力量
一寸，一毫，都埋伏在粗糙的呼吸里

一旦回到生活，还能够收割更多的果实
——我听见一捆时光倒下的声音

面对它的锋芒，大风，霓虹，钢铁，我所有的修辞
都纷纷颤栗，摇晃

能够抵挡它的
只有它自己坚硬而巨大的沉默

水的骨头

虽然水那么柔弱
一生都站不起来，永远在低处匍匐
但它们一定是有骨头的
试想，如果没有骨头，它们怎么会溅得那么高

那白色的浪花和飞沫，分明就是
骨头与石头撞击的碎屑
如果没有骨头，它们又怎么会
日夜奔走，一路高歌
让人看不到丝毫的疲惫和伤痛
它们的骨头也一定是笔直的
因为在大地上，我只遇到渴死的江河
却从未见过有哪股水在倒流
而且它们从那么高、那么险的悬崖上
毫不犹豫地一跃而下
让我相信，世上再没有比这
更硬的骨头了

（以上二首选自《山东文学》2021年第7期）

等 你（外一首）

祝相宽

那年春天，我在路上等你
故意把自行车骑得很慢
故意走走停停，蹲下来
看路边还没长出来的野花

我甚至故意把车子放倒
修理根本没有的毛病
让一个个打招呼的熟人走过
夕阳像善良的老人，含笑不言

等你，那个春天的路太短
等着等着，天就黑了
等你，这一生的路太短
等着等着，我们就老了

回 家

走进祖辈住过的村庄
村口的老槐树
差点喊出我的小名

老河堤还是那样弯着
只是再也不见了
童年追过的帆影

村里的房子是新的
迎面而来的笑脸是新的
只有我的乡愁是旧的

那窄窄的街巷呢
那高高的草垛呢
那跑掉鞋子的伙伴呢

从村东转到村西
像小时候提心吊胆地寻找
一把回家的钥匙

(以上二首选自《天津文学》) 2021年第10期)

掰 开（外一首）

徐小华

把时间的蚌掰开
鲜活的，是回忆的肉
冷硬的是衰老的壳

把生活的灯罩掰开
闪亮的，是遭受电击的微小
暗淡的，是原本光鲜的罩子

把语言的木鱼掰开
阔大的嘴巴，已经倒不尽
满腹的冷暖

品 茶

正山小种，在柴烧里打开春天
你无言，我也默不作声
任四散的茶香
一点点包裹了午后的清冷

我们各自抿上茶，你侧身
看着窗外长高的楼房和走动的汽车
我闭上眼，看见大雪
粉白了山河
一个身披长袍的背影，正渐渐

将自己藏到远方

许久,我们都没说出嘴里
衔着茶的滋味

(以上二首选自《上海诗人》2021 年第 3 期)

空　旷（外一首）

徐丽萍

谁愿倾心厮守一座爱情的空城
在尘烟弥漫的废墟上
痛心疾首地捡拾爱情的残片
再没有什么比受伤的灵魂更空旷
空旷是一头受惊的猛兽
它像风一样轻　像呼吸一样如影随形
潜入我眼睛的海　内心的海
潜入我星星的花圃　月亮的花圃
有一种力量紧紧地抓住了我的灵魂
我着了魔似地向着这无边的空旷飞奔
有一种伤痛深深地潜伏在内心无法预测的深度
谁像我一样空　一朵空山绝谷的幽兰
一朵悬浮于水面　西洲的红莲
在尘烟弥漫的废墟上
谁愿倾心厮守一座爱情的空城

曾经的爱情

我是怎么了　心猿意马地想起了曾经的爱情
那些跌落在我眼睛里的羊群
以及用柳笛吹破春天的孩子
他们像风一样经过了我的往昔
布谷鸟用它所熟知的暗语　放声歌咏
蜂蝶这些灵动的饰物　装扮在花朵的枝头

可这一切　都在记忆深处向我敞开所有的明亮
也许　我是中了女巫的魔咒　着了魔似的
向倒转的时光飞奔　不分昼夜　不知疲倦
我追的到底是什么呢　是你我眼底闪烁的繁星
还是那些能够照耀彼此的温情　它追着我
让那些绝望簇拥着黯淡的黑夜
我是怎么了呢　让那些曾经的爱情又重重地
折磨了一下我痛不欲生的想象

（以上二首选自《诗歌风赏》2021年第1卷）

晚　秋（外一首）

徐春芳

几行竹影，几行雁字
无声的呼喊捉住了我的笔
夕阳的鹿角撞上空山
钟声在风中起伏

几滴旧雨观察着天空
皱缩的云彩如闹起了饥荒

流水的日子，月光的生活
寂寞是我常披的一件外套

往事已成一堆碎瓷片
蝴蝶的翅膀在上面折翼

呓　语

我对词语非常有意见
它不安分如玩耍的小孩
从内心出发，到和读者见面
不知有几千几万步的遥远
时间在街口开始往左转
喝多了的人群在狂欢
让我忍不住闭上了双眼
指尖游走着无法说出的深寒

梦的翅膀,早飞到了天边
思想是身上剥落的鳞片
闪着光,在一团团夜色里
窗户用绿化带来取暖
记忆比涂鸦还荒诞
湖水荡漾着假正经的嘴脸
一阵风就吹皱了
春花和阳光的细细呼喊
我的诗像过期的鸡蛋
到哪里去促销
留下我身后的江南
在莲叶和游鱼中打转

(以上二首选自《诗林》2021年第6期)

黄昏时候的麻雀(外一首)

唐 诗

黄昏降临
归来的麻雀在阴暗的树枝上
明亮地交谈
兴奋得如同举办论坛

它们叽叽喳喳
话语一团乱麻,难以理顺,无法分清
听起来,让人
感到天空像鸟笼散了架

有的争辩,有的吵架
有的指桑骂槐,有的笑里藏刀
独独一只老麻雀
闭目沉默,似乎在回忆风霜雨雪
自己为什么瞬间老了

有的居然能说出真理带刺
假话如花
有的还能够指点枯叶,用出的比喻
是幸福凋残,飒然而下

唉呀!黄昏时候的麻雀
互不相让
稍不留神,就把天闹黑了

重新认识闪电

闪电像一枝梨花
白得醒目
剖开的黑暗中,任风手持香气
飞速离去

闪电不说话
但语言明亮

我真想
把一枝闪电凑到鼻前
细嗅雷霆
如何碎了花瓣

闪电引着宇宙之光
疏通筋骨
它不畏惧魔鬼震怒

闪电威武
闪电雄壮

闪电不止
闪电让看见闪电的人
懂得了世事的明明灭灭

闪电如花,只取一枝
足够我醒悟终生

(以上二首选自诗集《遍地花香》,江西高校出版社2021年10月)

铜爵记（外一首）

唐旺盛

青铜安放于日月
有金病成锈的忧伤，有水荇牵风的安坦
此刻，它三足伸延，在案头挺立
如同钉立在时间的心头
寂静使它均匀，寂静也使它舒展
翠绿，漫入过时间的肌体
又从杯壁析出。像一架翠鸟的枯骨
悬浮在虚无中，用静止追赶飞翔
它的回声比你所有的想象都更加遥远
当酒浆的波纹隐入岁月的尘埃，雷声
带着阴影消失在把手上
而铜锈仍日夜兼程。像水母在河流的深处发动
隔着很远的路程，我要护送并把它安放在
这个沉静的下午。而不是另一个朝代的空气中

青花记

带上一锭未化的翠蓝
来到人间的雪地上。在那些铺积的
尚未说出的大雪下，人间清冽
飞鸟的痕迹被一一抹去
雪地像天空一样平展，只有通往天堂的大道
一路隆起。不著一言的大雪
像所有的语词从白纸上褪去

忍住了言说的欲望。大雪有皎洁的面孔
大雪的白衣不染一尘
当坚硬的矿物在研磨中变软,化开,你
衔住这一小口蓝,喷在落下的白雪上
烟云晕染。像刺青长进少女白皙的肌肤
让我们从人间最温暖的细节开始
蕉叶要直立的,垂髫的孩子要在午夜的厢房中分睡
你的抹胸粉青,鲜亮。裙袂
像后山的流水,一泻而下
柴炉火苗纤细,壶嘴里冒出的
水汽,像仙鹤。蓝色的樱桃有珠玉之色
窗内烟云袅袅,沉香在吐着呋喃
送碳人,在上山的路上
远山辽阔,所有的留白正好被填满
收笔在最边处:梅开数枝
别住漫天的白雪。而柴扉轻掩
月光下的山河尽皆靛青之色

(选自《浙江诗人》2021 年第 11 期)

燃烧的红海滩(外一首)

郭晓勇

一片燃烧的海
烈焰汹涌澎湃

一生的追求就是
把绿色燃烧成红色
让所有的依恋,都在
火焰上张扬,徘徊

一颗滚烫的心,坦露
心扉的青春芳华
用成长和衰败的足迹
编织一个个精彩

一路走来,每逢七夕
都有大地和大海相伴
鹊桥上,总会多出
一个身影,一个恒久的期待

这是又一个绿和红的故事
一个诗和远方的独白

诗与诗人的对话

诗,对诗人说

谢谢你收留了我
没有你，我还不知在哪里

诗人说，不
是要感谢你，没有你
我就不会有自己的灵魂
甚至无法拥有自己的名字

诗与诗人，都笑了
笑得那样开心，那样陶醉
他们各自收获了对方
在一个自由的世界
尽情地释放，尽情地游弋

（选自《新华诗叶》2021年元月号）

少年推窗(外一首)

盘妙彬

老城高大的白桉树
出众,嘹亮,站在弯曲的斜坡街道两旁
风一吹,白银叫,少年推窗

如果有月光
成群结队的小伙伴沿街追逐,大声喊叫
哗哗,哗哗哗,一条河流翻滚浪花奔腾向下
满城尽是黄金的声音

岭南的一座古城,讲粤语、晒白云
一条大江又阔又长,一路向东

千年以来
房子顺山势而筑,自白云深处下来,一直到江边
街道倾斜、弯曲,像一条条河流从山上淌下
少年住在半坡
总兵府、总镇府、总督府,三府附近
地名万寿宫

多少作业,多少功名尘与土
月光会有花完的时候
听,白银叫,黄金奔跑,少年一次次推窗

山岭巍巍然,观者起波澜

江上没有船
岭上有人,凉风解开衣衫,远处火车爬坡
从广东翻过广西
一朵浮云下面是贵州

空调机在屋外吐出热气
房子里的人发烧、吃冰,古代不是这样

古人饮清泉、喝井水
在山岭上自在、寂寥,他们解开衣衫,吹凉风
朝廷找不到他们
他们是俩,不是仨,不成众
其中一个是县令

火车不见了,江水空白
天气这么热
没有人下山,也没有人从房子里出来

(以上二首选自《诗龙门》2021年秋卷)

春　秋（外一首）

第广龙

虫子叫声微弱
青草衰败
即将过完一生
它们是幸福的

它们是幸福的
它们有两种命
来年，青草变成虫子
虫子发芽

其实它们超越了生死
一年又一年
虫子和青草互换角色
青草愿意让虫子吃掉叶片
虫子用剩下的力气
抱住青草的根

如果那一年虫子稀少
青草也不茂盛

那是这一年的冬天太冷了
虫子和青草依偎着做梦
忘了变成虫子

还是变成青草

（选自《延河》2021年第1期）

欣 喜

落叶不等我的笔
我也要写下舍弃的欣喜
写下内心的明火和暗火
透过键盘上的按键
文字带着我指纹的光圈
和渐渐隐去的叶纹重合了

我不能辜负冬天——
树木露出筋骨
河流调整了音量
我的诗行
在风雪中翻卷

（选自《芳草》2021年第2期）

在哈巴河（二首）

彭惊宇

在哈巴河，看奇幻的云

阿尔泰山是富甲一方的云的宝库
它敞开巨人的怀抱，向哈巴河辽阔天穹
连绵不断地推送，一系列奇幻的云

金秋。哈巴河畔天然白桦林
被太阳这位丹青妙手绘染成一派金黄
而那些浓淡相宜的白云和铅灰积云
入画，如诗。更增添白桦丛林的静美

我们攀爬上哈龙沟怪石磊磊的岩顶，抬头眺望
天空牛羊遍布。驼队正从丝绸古道昂首走来
哈熊在蹒跚，雪青马撒开自由的劲蹄奔驰

透过那一片低下褐色头颅，集体沉思的秋葵原野
透过金枸杞和红碱蓬，透过阿克齐湿地曳动的苇蒿
能明晰看见阿尔泰山银灰雪冠，正牵引青海般的长云
那么悠远、森蓝，连缀成大美无言的旷奥之境

在从边防马军武哨所返回哈巴河县城的路上
我们蓦然与最奇观的云相遇。一艘硕大无朋的鱼形飞艇
横亘在前方上空，仿佛是超现实主义画家达利的绘画

白桦树上的珠马别克

在哈巴河天然白桦林
在通往库勒拜乡的道路旁边
我惊奇地发现,一棵粗壮的白桦树
上面刻有哈萨克小巴郎的名字:珠马别克

这棵粗壮的白桦树,留有天生野长的
母亲似的眼睛,和山水皴画的斑痕
可右边一竖行稚拙的汉字:珠马别克
却是人为刻上的,晨光中令人暗自惊奇

珠马别克,这是你少儿时代学汉语的杰作
还是你的顽童伙伴,故意戏弄你的一笔
抑或是哪位羞涩的小克孜,最早的恋心萌动

你现在去了何方?奔向内地,还是留在了新疆
是否已成为哈巴河这片土地上真正的牧人
或者手握钢枪的战士,正昼夜巡逻在边防线上
是否已走过万水千山,在繁华都市的街头思念故乡

珠马别克,与白桦树一同长大的珠马别克
愿那树身上慈母般的眼睛,永远注视和保佑你
愿那山水皴画的斑痕,永远伴随你风雨兼程

(以上二首选自《延河》2021年第8期上半月刊)

人心不能以碎瓷传续(外一首)

董进奎

一样的工艺、火候
活着立世,看一次绝对的偶然
被慧眼审视、抛弃

瑕疵是换骨的胎记
是美人微笑点睛的花蕊
也是肉体里的瘤

从泥中脱胎、成器,在破碎中怒放
每一瓣青花都是
躺在风中欲回归的响器

紧掩住自己的缺失,开裂的瓷片
让我倾听到它内心千古淡定的呼吸
而人心不能以碎瓷传续

我不知道一些木屑疼痛于闲言碎语

树被解析,,经受住了锯
支撑起生活踏实的部分
我不能全部抛弃包裹风霜的皮
截取片段,装裱成册

让苍白的墙记住野外颠簸的风景

让一只小兽遛出来
回忆没有路的家——原野与森林
细读几点光滴落溅起的鸟鸣

我木讷、固执,心思小而缜密
利于刻刀尖锐地行走、塑造
我不知道一些木屑疼痛于闲言碎语
每一层年轮破碎,往往在梦圆时分

(以上二首选自《绿风》2021年第1期)

心梗,住内蒙古医院(外一首)

温 古

一米六〇的江山内,战争在进行
山谷与平原间,有稀疏的枪声

一支队伍走成一条脉管里的血
与另一条血流狭路相逢

枪声、爆炸声密集
一个躯体,在战斗的噩梦中被吵醒
抖一抖硝烟,一骨碌爬起

昨夜,同室的一堆白色的床褥
盖住了一具停止呼吸的躯体
河流冻结,它的江山全部沦陷
病菌宣布占领,一张床将一张脸
交给死亡验收

白色的床单,凸凹不平
像冬天的雪覆盖下的江山
在别人的鼾声中起伏

水磨村,石头河床

更多的事物陷在淤泥里
拔不出脚

我呼唤变成石头的牛羊，和另一个我
有谁从历史的深处抬起头来？

灵魂不能解脱烦恼的人们
期待着另一场洪水

我乘车离开，像一个词
逃离一篇雄辩的文章

一幕哑剧，我不持有解开的密码
细碎的水流，也不是打开锈锁的钥匙

（以上二首选自《草原》2021年第2期）

中年爱情（外一首）

寒 冰

我知道，你爱着我，我也爱着你
只是现在，因为太过劳累
怨气就多，争吵也就多
而且是扯着嗓子。说句温柔话
对你我已是久远之事，许多时候

我们做着各尽其职的事
没有交流，熟视无睹
就像彼此本不存在
可日子还是要过下去
生活的经验告诉我们
责任、宽慰、忍让
是走下去的最好方式
慢慢地，我们竟然
白头偕老了。其实

我是多想大声说出
我们早已陌生的那句话——
我爱你！许多次
哪怕疲惫，比曾经爬过的山路长

柴达木

海水退去，高原隆起

戈壁上,"烧黑的砾石"

带来天外的问候

闪亮的盐粒凝望着天空

风扫过芨芨草的头颅

蒙古人的战马立在

白雪的祁连山上

山下的寺庙里,艰难成长的一棵树

被远道而来的信众虔诚膜拜

一队藏原羚在我的视野中

长久盘桓在"烤红的河床"里

广阔不过如此

苍凉不过如此

而哈拉湖以自己的一滴泪

收藏了这一切

(以上二首选自 2021 年 11 月 11 日"中国诗歌学会"公众号)

古槐树(外一首)

谭 滢

阳光,从古槐黢黑的虬枝间插入
犹如舞台上的追光。仿佛一位资深的民族舞者
甩着长袖 扭着腰肢
你能听见旋转时 那咝咝的喘息声
他与断垣,残壁,构成一幅人间水墨

远处飘来的阵阵花香
是尘世给它的唯一慰藉
桃花、梨花、油菜花等众花
调制的人间百味

那香味丝丝缕缕溜进鼻腔
春天,所有调皮的,可爱的
都纷纷从土地里拱出,从枝头上
冒出, 让你猝不及防
这些花花草草都是他的亲人

古槐的枝干低垂,仿佛捣在地上
的拐杖,撑着自己的腰部
挺着七百多年老朽的躯干
一个风烛残年的老人
枯枝与新芽,死亡与勃发
这矛盾的统一体
默默地续写着自己的编年史

(选自《特区文学》2021年第2期)

浮世绘

特立独行的时代,规则和秩序是绳索
的两端。总有人跃跃欲试
试图踩着绳索跳舞,并试图逃避审判
他们对上阳奉,对下阴违
在生活的万花筒里。能主宰自己命运
的人寥寥无几
笑脸相迎者背过脸
便开始说三道四,每个人皆为话题中人
妆容精致,八面玲珑的人
皆有不为人知的另一副面孔
你说,丰乳肥臀不是妖孽便是祸水
你说,拥有玻璃心的人始终无法得到
想要的爱情
男人们策马扬鞭,能够驾驭的
东西也越来越少
他们喋喋不休地宣讲自己的人生哲学
有人佯装听懂,有人昏昏欲睡
从众多的声音中分辨真理
和持久性,是一件困难的事
在这个多元化的时代
没有谁可以永远站在巅峰
孤独时代的持笔者
却无法展开宏阔的叙事
无法从零乱的事件中找到
一个新鲜的由头

(选自《草堂》2021 年第 12 期)

三辑 诗林撷英

喊 海

干海兵

那个对着大海呼喊的人
让所有的水退到了后面
海模糊不清、礁石失去轮廓
连猝不及防的海鸟
也被他的声音钉在了倾斜的天空

他一遍一遍急促地喊着什么呢
大海蓝得恍惚,春天有弹性的皮肤
把声音推向了每一根草每一朵花
他每喊一声,海平线就微微抖动一下
他每喊一声,海的镜子就晃一晃

谁也没有听清他在喊什么
但他一直在喊,喊得天地空空的
喊得每一个人都仿佛在下沉
海的豁口就这样被打开又合上,合上又打开
他喊着喊着就泪流满面了
他喊着喊着就地老天荒了

(选自《诗刊》2021年10月号上半月刊)

钱塘江七月十五夜

飞 廉

江水峥嵘。
小沙洲,白鹭敛翅,神秘,不可接近。

草虫齐鸣,水边的乱石呼应着
天上的星斗。

一碟新米,几枚长安镇的小青橘,
半瓶茅台镇的赖茅,

菖蒲叶铺满桌子,

在他乡,我们开始祭祀祖先,
在他乡,我们开始议论生死。

(选自《诗龙门》2021年秋卷)

水楂子

凡 羊

山冈上，喂饱寂寥的水楂子
红了。这些收集日月精华的小果实
一簇簇，一串串
在枝头你拥我挤
它们轻轻地摇晃着身子
就将八月交给了九月

红润而又憨实的水楂子
颗粒很小
披着阳光的风衣
是旷野最小的一块胸肌

（选自《星火》2021年第4期）

山庄遇云

马海盈

云,从南方涌来
一团一团,列队涌来
一会儿遮蔽山腰,一会儿
填满峰谷,一会儿
掠过山谷和湖面

有人,在湖边练吐纳
山谷,在吐纳云朵
山间小道上,我在健步
身边,小溪的欢唱
清新淡远,旋律融入身边的
云,飘向北方

(选自《星星·诗歌原创》2021年第12期)

油菜不停地开花

王　晖

花还在开
我很吃力
游出这片没有边界的金色波涛

花还在不停地开
我已卷入
一个又一个太阳制造的明亮漩涡

我持续在由此而来的一场高烧中
这一场高烧真是太好了
太阳落下，我升起

我与一朵花交换了彼此的颜色
回来后，我爱上了自己的面目全非

（选自《西部》杂志2021年第6期）

天 和 人
——仰望天和实验室升空

王 童

一座城市建在了太空之上,
一个礼仪之邦诚邀着八方来客。
客从云端来,客从星辰中恭贺。
上帝之城放射着璀璨的光束,
人类的智慧在光束中四溢在天河
那座神仙屋腾云破雾而出,
出现在祖冲之的圆周率中,
出现在钱学森的计算尺间。
海市蜃楼举头到了明月里。
那处驿站,那个高脚屋,
将迎来群仙的欢宴,
将舞起敦煌飞天的霓裳。
霓裳曲奏出天籁的中国狂想曲,
星星索织出小楼的彩灯,
彩灯闪烁着天和的迸射。
与天和谐,与地和谐,
与太阳并行,与月亮欢飞。
这博大的胸怀盛进宇宙的运行,
这壮怀的理想融进光年的瞻望。
三星堆的实验室轨道舱上开出平方,
冰与火的撞击飘浮出旋转的粒子。
你身轻如梭地将穿过时空隧道,
你飘然欲仙地把安居工程建在了

海河边的天津^(注)门里。
我想成为第一个访问学者，
我想入驻第一号居民，
我想由此穿过京津冀的高速公路，
奔向大海，奔向喜马拉雅山。
珠峰巅的五宫女种植着云朵的棉花，
棉花絮制出织女座织出的宇航服。
宇航服中出现了我的面孔，出现了你的容颜，
出现了华夏大地春光明媚的生机。

注：天津为太空中的星座名称。

（选自《人民文学》2021年第7期）

北方七月的雨

王 键

雨越下越大,花园里的蛙鸣也
越发欢快
它们的叫声里带着泥土的气息
我能想象它们望天的姿势
六月的大地燥热、困顿,尽显疲惫
六月一过,北方便进入雨季
一天一场雨的浇灌,让万物从昏沉中苏醒,
大地清凉,空气如新生的婴儿
一场大雨胜过那些严肃的话题:雾霾,秩序,
王朝,后工业文明,贸易战等。
被洗礼过的青山显得年轻,如同复活的生命
而突然出现在天际的七色之虹
犹如艰难生活中的一道亮光,
一个美好应许的约定。虽然我们拥有
那么多未曾兑现的诺言,但那些如愿
未必来自那最高的善。今天,
我仍然愿意,怀抱一颗一再放低的心
进入那终将带来澄明之境的风暴之中……

(选自《星星·诗歌原创》2021 年第 4 期)

青青露珠

王万里

轻轻地喘息
闪烁轻轻的莹光
是月亮酿造的珍珠
是河流里飞出来的少女

站在草叶上荡秋千
随羊群走过小路弯曲
有着星星的凌乱
和飞鸟弹跳湖水的易碎

草原上碧青连天
少女的皮肤需要鲜花滋润
晶亮的肌肤胜过第一缕晨曦

青青的草叶
是她们最好的驿站
打包一粒光,一滴水
悄悄地融化自己

少女们用青草盘头
时现清一色的樱桃小嘴
青草啊延绵千里
露珠比星星多,与青草齐美

(选自 2021 年 3 月 30 日《鄂尔多斯日报》)

立 冬

王杰平

冷啊
从立冬开始
我就用古老的火柴依次列出这些名字
小雪　大雪　冬至　小寒

大寒未到
更多的冷还在路上

我就想啊
如何把你去年的……比耳语轻一些
比火柴棒暖一些的好
都当成进补的花生　栗子和红枣

这个冬天
我要养好草地　山川　河流和时间的伤
要呵笔寻诗
找到丢掉的那一句

像寒冷的雪人　哈出一口热气

（选自 2021 年 12 月 23 日《渝西都市报》）

山里的树叶

王明远

春天
树叶不只是山的颜色
还是山的味道

盛夏
她遮挡阳光也遮挡风雨
白天静静地倾听蝉鸣
夜里或看明月松间照或听清泉石上流

深秋
满山或红或黄或紫或褐
一生三季的树叶们尽显最后的壮烈
秋风过处知足地归土归根

（选自2021年3月6日《扬子晚报》"诗风"副刊）

山中遇牛

王海云

我放慢车速,向它们问好
它们仿佛有些羞涩,静静地站在路边
像大山一样一声不吭

我轻轻放下车窗玻璃,举起相机
它们看着我,犹疑着,慢慢退到路旁的山坡上
它们那么懂礼貌,又那么小心谨慎
让我手中的相机,刹那间不知所措

离开时,我忍不住向后望去
它们居然站在山坡上,也向着我们张望
还有一只小牛犊,哞哞地叫着,甩着尾巴
从山坡上追下来……

(选自 2021 年 7 月 9 日《中国诗人》微刊"诗笔会")

论大海

毛 子

大海动用庞大的开支
安置着它自己。
我来得有些晚,正好遇上
它的拖延症。

多么广义的收藏夹啊
多么浩瀚的浏览量。

但万事已过,流水
不过它们的身后事。

但波涛永不撤销,在反复中
验证着伟大的无用论。

(选自《诗潮》2021年第5期)

写一首好诗不易

包容冰

写一首好诗真难。绞尽脑汁
有时也想不出半句像样的诗
平铺直叙,单刀直入的诗我也写过
从头到尾,我用情感和生命
激活每一个词语的能量
释放润物细无声的养料

冷不防,读那些囫囵吞枣
生涩隐晦,牛头不对马嘴的比喻
用技巧做作,猎奇的分行文字
在大刊名刊频频招摇
说了什么我一头雾水。如果把它叫做诗
痴人说梦都是含蓄的好诗……

写一首诗真难啊。我用童年的饥饿
做底色,以苦难的生活耕耘
命运多舛的土地。记住四季轮回的台词
清扫灵魂里沉淀的污垢

年久日深
我在浩瀚的典籍里寻找着诗
我在生活的海洋里打捞着诗

(选自《岷州文学》2021年春季卷)

怒江大峡谷

远 洋

两岸是造化的巨斧劈开的山崖
中间流淌着一川绿得发蓝的江水
云团在峰峦峡谷间游荡
树林喷出缤纷的色彩
一个溜索的少女,从奔腾的虎背滑过
雪山在她头顶闪耀着王冠

岸边有层层叠叠的石片屋脊
和被阳光涂抹得金黄的青稞地
生活就像白天穿着彩色衣裳
夜晚围着篝火唱歌跳舞
江水却一直在诉说,在哭泣
无人听懂她讲述的故事

一次闪电撕开黑锅盖的天空
雷霆轰隆,暴雨倾盆
狂风咆哮,大地在脚下
　　剧烈地抖动
仿佛从天上的巨大裂缝
　　爆发出了滚滚的山洪

山体发出一阵阵爆破的巨响
一条条山脉一座座峰峦砰然崩塌
泥石流滚滚而下,吞噬房屋

将它所触到的一切化为齑粉
一家人还未来得及叫喊一声
顷刻间被淹没得无踪无影

雨过天晴。似乎什么也没有发生
在断壁残垣里，默默收拾着破损
大峡谷就像一道深深的创伤
两岸峭壁也是累累伤痕
一条浑浊泪水的江河
夹杂着泥沙愤懑的怒吼声

祖祖辈辈收获的是苦难与贫穷
土地越发贫瘠，岩石裸露祖先的骨殖
在崖畔，一次次用石块重新垒砌村落
这些怒族和傈僳的百姓哟，仍旧到
巴掌大的挂山田上翻耕吆喝
悠然飘荡着山歌和鞭牛的身影

（选自《中国诗人》2021年第1期）

静　坐

吕　游

我奔走在路上,有谁知道
其实我一直坐着

身体是移动的莲花
我的灵魂就坐在莲花的中心
风用力吹着,我一动不动

你看到的,是我在摇晃
即使我倒下了
内心的油灯也不会洒
灯芯向上,在幽暗处亮着

你看到我在走,黎明来临
你并不知道,我需要花费一生
才能把黑夜的山从心头挪开

(选自《绿风》2021年第2期)

在我家的条案上

杨 健

在我家的条案上,
我想供奉一碗白粥,一碟咸菜。

小时候,
我爸背我去医院,
萦绕着我胸口的一团温暖,
我也想供奉。

另外,我妈给我补的一双袜子我也想供奉,
那袜子上补丁挨着补丁,
补丁上面还有补丁,
最后袜子看不见了,
只剩下补丁,
我想把这千针万线供奉在条案上。

我还想把园子里的两只水蜜桃供奉在条案上,
因它有天地的芬芳叫我难忘。

(选自 2021 年 11 月 18 日中国诗歌网"每日好诗")

在喜园

杨海蒂

早晨八点一刻
没错,就是这个时间
永远不会忘记的
当我沿着玫瑰庄园的小径
踏着缤纷落英
跨进这张灯结彩的院落
你和鲜花扑面而来
"送你的,比比谁更美"
你目光凌空又逼近
好似星辉闪烁
我双颊飞红
像朵含露的玫瑰
大红双喜椅在阳光下闪耀
身后 光阴之门悄然关闭
我看见风儿掠过
我听见花儿盛开

(选自2021年12月30日"一代宗诗"诗歌公众号)

思亲曲

杨柏榕

风低吟,云连绵,
圆月高悬在爹娘窗前。
月儿有时明,有时暗。
想起游子,
有时苦,有时甜。
不管季节暑与寒,
月儿圆圆,
就像游子圆圆的脸,
圆圆的脸。
这亲情岁月割不断,
岁月割不断。

夜弥漫,星遥远,
弯月低悬在游子窗前。
月儿有时缺,有时圆。
想起爹娘,
有时长,有时短。
不管地北与天南,
月儿弯弯,
就像爹娘弯弯的眼,
弯弯的眼。
这亲情万里也相连,
万里也相连。

(选自 2021 年 1 月 13 日《中国新闻出版广电报》)

大 雨

李 云

不把心底的所有悲伤
哭完
乌云蜕变不了白云的干净的心情
去赶路

哭着哭着
一天就走完了一生的长途

如注,鲸和大象的喷泉和吼声里的银箭飞矢
倾泻,断崖前瀑布的四溅碎骨里的阳光万缕

我说号啕大哭的苍天泪水　此时
没有比我心房的雨季下得更磅礴

我说的此时　是我捧着你温热的骨灰
走向墓地的时候
我说的你　是我再不会发出雷鸣的父亲

(选自《当代人》2021年第9期)

生活的庭院

李 樯

有时候你的门闩紧闭
如果不耐心地
一点点拨弄开它
我就会被冻死在那
寒冷的街头

有时候你满院春光
我却不愿意
从敞开的大门进去
我翻墙进入
在你的花园里一阵践踏

我终将消失
像一只跌落在荒草丛中的
误食了毒药的麻雀
弥留之际,我看了最后一眼
你无处不在的天空

(选自《安徽文学》2021年第5期)

遗 物

李以亮

这是母亲留下的鞋子,
噢,终于
不必蹒跚了,

这是塑料盆,
不错,它还没有腐烂,

这是洗衣板,
也是塑料质,硌手,

呵娘亲
终于,可以放心地清除了,

清除了,
也不会被埋怨。

(选自《延河》2021年第3期)

城里人

李建华

在某个深夜
我孤独地,望着远方
突然发现一些城里人
比农忙时节的农村人还忙

那么晚了,还没有睡
时间已经到达今天了
还没有睡昨天的觉

两轮车三轮车四轮车上的手和脚
不分昼夜,像逃跑一样忙
路有点乱,像是人间的脉象

我静默如旁观的路灯
在俯瞰的窗口见证了这一切
虽说这人间的秘密我知之甚少
无法说出他们的来历和去向
但我可以猜到
他们十有八九
是进到城里的
农村人

(选自 2021 年 10 月 8 日"鹤轩的世界"公众号)

通讯录

吴少东

二三十年来手机换了十多个
但一直没换号码
两千多人从三星倒到苹果
又倒到华为,几乎没有
删除任何人
我将一桶流水倒进另一桶
滴水不漏

有些人聚过走过就不联系了
有些人走过散过又联系了
走走停停,停停走走
二三十里者,一两百里者
皆有之,千万里者也有之
我都给他们留着门
方桌上的那壶酒还放在那里

(选自《诗选刊》2021年第9期)

一条河流的旅行

吴重生

戴上长江边的这片青色的天空
我感受到了东海岸边的流星雨
波浪在绿色车厢外追逐
天空像一艘静止的船

你说有一些红色花瓣
停留在山峦的背部
且慢些飞奔吧,我抿紧嘴唇
由南往北,穿越白天和黑夜

你的雷声总是姗姗来迟
有一些风雨在初夜时分
扫荡了北京以南的天空

你说六国码头是太仓历史见证
有一些路途被湖水簇拥
一片枫叶在你手上
就是一颗耀眼的红色星星
俯仰之间,春秋已远
你决定托运一些往事给我
包括童年、明信片、风铃

站在太仓高铁站站台
突然觉得天空很高远

你说你的车上一无所有
要带,就带上这条浏河吧
这个昼夜,希望它伴随着你
无论速度,也无论温度
要融化,就让它融化在我梦里吧

（选自2021年9月6日《扬子晚报》"诗风"副刊）

深山短章

邱振刚

山神拂落一霄酒意
诗溪江涟漪如莲
雨滴万千纵横
是谁在天地间挥洒如许诗句？
斗笠，竹筐，走出雾，
复入雨，农人背影依稀
在田埂上踩落蛙鸣
脊背如弓，坠下一路凉意
天色向晚，炊烟在雨声里呜咽
远行人叹息而至，收拢油纸伞
在檐下抚平犹疑

山坳间盛满月色
并投我以乌啼
倏忽已远，只为酿出
一个含义不明的玩笑
雨化为雾，在峡谷之巅氤氲
龙凤不在崖顶凝立，
长吟归去，并赋形于
坡下楼阁连绵，
和古寨里墨色淋漓
此时，穿岩山树影幢幢，
有人正耕织着
山神的巨氅，水神的浴衣

梯田，由峡谷铺满山峦，
谁曾踏着台阶上行
又吐纳出雾气
涨落着最苍茫的记忆
石磨碾动岁月，
榨油坊的木板墙缝
沉积着瑶寨久远的消息
推窗，让梦境延拓
黑灰色的斑斓里，
溆水流深，万籁俱寂
江声伏地而来，蓄势出一个
锦绣般的湘西

（选自 2021 年 7 月 28 日《中国环境报》）

从高处到低处

沉 河

年轻时,我喜欢高处
孤立于人群,放眼世界
每天回家,享受着脱离地面的
快乐,也脱离那些低级趣味
在高处,与夕阳、云朵为伍
俯视芸芸众生,为孩子们的
欢闹心悦,为市井的吵闹心焦
我已经在高处住了二十年
从一个顶层到另一个顶层
二十年,足够培养一个人
寂寥的品性

去年起,我渴望住在低处
朋友称我要落地
出门即是生活,抬头便见邻居
与小草、落叶为伍
关心柴米油盐。事来了
跑得很快,不再东张西望
没事时,学株植物,生根
把自己扎在地上,牢牢的

(选自《十月》2021年第2期)

望 雪

应文浩

雪
总会带给我们新的

昨晚至今晨
连续不断,数不清的
它们的小身体依靠在一起

你能看得出
世界的美好
不需要蛮力气

雪,留下空白
不见尽头
像是给人类一次大洗礼
此刻,在雪面前
全人类都是黑的

(选自《红豆》2021年第4期)

挖野菜的小姑娘

冷克明

梨树下的一块草坪上
一个小姑娘在挖野菜
当她蹲下时
周围的草突然长高了
她就像一朵粉红的花
盛开在碧绿的草尖
小姑娘把小小的铁锹
对着野菜的根部用力插下去
仿佛要挖出整个春天
仿佛在挖着我被岁月深埋的童年
菜根断裂的声音从地下传来
春雷一样从我的心头滚过
野菜那微微的苦涩
瞬间充满了我的口腔
小姑娘的额头渗出了细密的汗珠
阳光下晶莹剔透
把垂暮的春天一下照亮了
把我浑浊的眼睛一下照亮了
那汗珠一颗一颗落在野菜上
就像星星嵌在碧蓝的天空
小姑娘将挖出的野菜装进
随身携带的透明的塑料袋
欢快地跑向草坪边等候的母亲
她是把童年的欢乐装进袋子了

她是要把整个春天带回家了
只是不知道多少年后
她是否还记得这个草坪
以及在草坪里挖野菜的
这个暮春的下午

(选自 2021 年 12 月 9 日中国作家网)

海上花开的世代

张予佳

海上花岛　岛中之岛
是大陆漂流的后嗣
遗留未愈的相思
——息壤的形状
繁星之海的镜像

若世间存在极致的美
那么鲜花应该算是一种
若诗意隐匿于远方
远方必定也有鲜花
若世间存在彼岸之岛
难以轻易接近
那么泗渡才是登岛最合宜的途径

上岛观花，领受
自然终究归还的人间赏赐
年月谱系细述芬芳
移步换景，迷宫徜徉

报春花绽放悄然
马蹄声以地为鼓，其节拍
隐喻悲喜交加的又一年

牵牛花指涉攀援的方向

迷迭香，是动词在宾语中开放
季节的气息，反复吐纳祥和
人处在最稳妥的光景才懂得赏花

花开时刻，勾画盛世美图
海上花岛，矗立起时代航标

（选自 2021 年 12 月 30 日"一代宗诗"诗歌公众号）

角 色

张永波

风从南坡爬下
天气就暖和了,欢乐的序列里
不乏沉醉者
兴安岭下的河流,花草鸟兽,人与人,
像戏剧中跑龙套的,演花脸的,唱青衣的
纷纷使出绝活,他们谢幕时
那华丽的转身,预示
一个人物命运不同的亮相

当我们彼此登场献艺时
才发现,我们正扮演着
丑的角色

(选自《石油文学》2021年第4期)

母 亲

张光杰

乡下的母亲，从不懂得说情话，一辈子
也不懂得什么是拥抱
她抱我时，用襁褓，用背篓
也用开满油菜花的田野
后来我长大了，她再抱我时，就用偌大的故乡
她伸开手臂，像长长的山间小路
也像隆隆作响的一列高铁，搂抱着我
更多的时候，我浪迹天涯
就像大地上随处野生的荞麦花
年年落下她头顶上悄悄变厚的一层霜

母亲啊！在人世间辗转
我是您身体里出走的那半轮残缺的月亮
今夜，我把明亮的那一半朝向您
让您的身上落满荞麦花的光芒
就像有无数的我在望着您
就像无数的我
正从天空降落人间

（选自《草堂》2021年第5期）

晨光洗尘

陈海强

最先写在纸上的
是洗心
此心待洗啊

春天何以如此静寂
迎着晨光回望
蒙尘算什么
蒙羞又如何
蒙冤,也便如此
愁云翻滚
一切皆为修行

再回首
往事已蹉跎
华发早生
途中的风景
无非吃、喝、拉、撒、睡
无非故乡、异乡和远方
无非,一场幻梦

踏遍千山万水
走过东西南北
我们还不都一样
日复一日

驱动沉重的肉身
渴望拥有
轻盈的翅膀

我和你一样
洗心不得要领
还是洗去
仆仆风尘吧
徜徉于无限春光
陪伴一粒蓓蕾
于料峭枝头
觅渡，觅渡

（选自 2021 年 1 月 30 日 "军旅诗界" 公众号）

一生只剩下半生了

武 稚

也许到了擅自作主的时候了。

向上的山,
走远的路,
也许到了峰回路转的时候了。

一生只剩下半生了,
家门口的李子树又要开花,
而我还没有和它们
好好地笑脸相迎。

没有好好地爱过和纠缠,
甚至没有好好地沉默。

还有多少白天和夜晚要交付呢,
还有多少得意和失意去计较。

明天,请让我迟疑着上路,
请让我踮着脚上路。

风啊,如果一定要迎面地吹,
请吹我的头发向后,
请吹我的身体向后,
故乡,是否还有一行脚印在
或深或浅地守候。

(选自《诗歌月刊》2021年第3期)

夜,一个超大容量的洗衣机

林目清

夜色,似洗衣粉倾入
月光如水,搅和着
让月光变得皎白皎白
夜,这个天衣无缝的超大容量洗衣机
静静地洗涤所有被装进了夜的东西

星星,一个个高速旋转的钻头
要把夜钻空
当夜被钻出一个个洞口
夜色随月光迅速流走
夜,这个怪物
一下,像魔怪一样逃走

太阳被夜的污水
冲刷得晕晕乎乎,一副冰冷的样子
这时,初露的世界一切显得很干净
空气,像鸟鸣一样洁净
那些露珠,是昨夜洗泡了一夜的梦
突然变得很清醒

(选自《诗歌月刊》2021年第7期)

白岩山外

林秀美

白岩山是寂静的,山谷的河水仰望
山中的杜鹃,无声传递隐秘的问候
想和你握手,紧紧的
在白岩山
我在冰雪里浸润的手
是温暖的
你在挫折中挣扎的手
是有力的
伴随着清脆的积水
踏出一路绿色
来不及仰视星移斗转
一步一步
没有波澜,自己就是惊心动魄的波澜
杜鹃花开,星星闪烁
一片落叶就是一片沉思
风推着比山更高的荣光飞翔
在白岩山
紧握着你的双手
就像放下苍茫的一生

(选自 2021 年 12 月 19 日《福建日报》)

走 吧

牧 野

以躬身的姿势，重复着
起飞前的动作，一晃已过半生
我感觉，身体越来越重
骨骼越来越轻

走吧！蜕化的双臂
不会再长出羽毛
拙笨的双腿，也许
还可以走出荒芜

走吧！只要能迈开脚步
就会离远方越来越近
选好的路，就要走下去
把明天的遗憾，交给一路蹒跚

（选自 2021 年 11 月 8 日 "清心宁诗苑" 公众号）

春 分

周占林

一样的时间
不一样的空间
当白天与黑夜不再较量
雷声在桃花蕊里孕育

睡醒的虫儿开始流浪
寻找这个春天最美的家园
裁几片白云
在蓝蓝的屋顶绣几朵桃花
等待闪电的光临

在故乡,什么也不用想
寻梦的路程依然遥远
梦里打坐的童年往事
不停地循环播放

草儿虚张声势
一场雨从远方开始抒情

(选自《诗刊》2021年9月号上半月刊)

草 木

周苍林

风经过的时候
草木都低着头
遇见风一样的人
我也和草木一样
唯一的区别是
低下头的草木不能避让
我可以低着头走开
从草木身边经过的风很多
但草木的眼里没有它们
抬起头,草木看见的
只有阳光

(选自《四川文学》2021年第5期)

新的一年

周鹏程

给我们一个忘却的理由,好吗
庚子的年轮惊心动魄
我们诚惶诚恐跨过了那道门槛

天空灌满五颜六色的春联
大地深情地呼唤春风
噼里啪啦的爆竹声
是时光在岁末发出的集结号
是归队,也是出发
过了这个除夕
我们还要去一个新的未来

给故乡敬一杯酒
对北斗七星说:相信明年
给正在赶路的兄弟姐妹敬一杯酒
对自己说:加油
给奋蹄耕耘者敬一杯酒
对春天说:牛气冲天

新的一年,万物音符都是新的
如果有一朵花在此时盛开
一定是雪山飘来的祝福

(选自2021年2月11日《重庆晚报》副刊)

三十六行展示馆

李振华

三十六个劳动的行当
三十六只生存的饭碗
三十六根生活的肋骨
三十六种时光磨砺的艺术

铁砧、布机、锯刨、雕刀
酿酒器具、棉花弹弓、石磨……
让人看见,自古至今的崇明
是怎样顽强地锻打命运,砍削坎坷,
编织心愿,酿造希望

历来各奔生计,难有交集
如今,它们因缘相聚
在这里一起说沧桑、谈甘苦
交换各自从业、创业的体会和启悟
怎么为面前的器物重新赋形
再造生命,注入灵魂和情怀

这个三十六行展示馆
是一个不会终场的讲堂
一批批倾听着它们讲述的人们
将一再使它们得以复活
把它们吃苦耐劳的本质
巧夺天工的智慧
带进今天,滋养和创造新的生活

(选自2021年12月30日"一代宗诗"诗歌公众号)

挺 住

郝子奇

河床挺住，河床岸边
正在拔节的玉米　挺住

低矮的简易房挺住
高高的大楼挺住
被洗涮的信号灯挺住 奔跑的救护车
停一停叫喊　挺住

挺住 在黑暗中惊恐的孩子
用身体堵着缺口的人
拉着洪水冲远的绝望的手啊 不要松开
要挺住

大雨还在下着
被每一滴雨砸的地方
都是痛的　都要在疼痛中
挺住

（选自《诗选刊》2021年10期）

故宫今昔

赵国培

很有说道儿的故字
形象地告诉人们
你是不老的老人
比我祖父的祖父
刻有更多圈年轮

当年的当年
一辈辈先人
只能低垂着头脑
跪拜着向你靠近
普天之下
你专属一个人
他自命天子
又号称龙身

如今你放下身价
大开早不神秘的大门
一日日，从清晨到黄昏
人潮挺着腰板
不停涌出涌进
一张张鲜活面孔
陌生却又亲近
他们拥有共同身份
——站起来的真正主人

（选自2021年12月4日《劳动午报》）

雷声滚过大桦背

赵春秀

第一声
羔羊停在险峰处,放开口中的青草
旁观者看着黄牛埋头走路,苦难受尽
的样子,让我想起童年疲惫的饥荒
在陌生的山岗
扇动翅膀

第二声
喜鹊做出预飞的姿势
落叶给秋分让路
时间给予的苍翠还在慢慢地生长
这山中幽静,可偏偏
有股力量,推着新生的绿去往深秋
众多裸露的根,拼命
拽着半坡流失的土壤
我,赶忙抓紧自己

第三声
只想给山外的妈妈打个电话
告诉她,另一个山坳
松涛唱着歌,正有雾霭升起

小石子路上
寻找尘世安宁的人们走远了

粗粝磨就的岁月还有人爱着
花谢花开,再也不会
露出领略霜寒的苦楚

第四声,响彻大桦背
此刻,我走出山间唯一平坦的道路
雷雨将来
一切都要品尝欢畅的雨水
洒落甘甜尚能前行,身后退去的
是下一个路人的风景

妈妈,山石旁,清凉的泉水绕过荆棘
像个执拗的孩子奔向远方
云霞,多像灶膛里
独悲的火焰,不住地眺望天空

(选自《草原》2021年第10期)

涟漪

剑 男

他站在河边向河心掷出一块石头
石头在河水中形成的涟漪
先是如遥远记忆中一个被雨水
洗涮得清亮发白的石臼
然后是一块被风吹皱的灰绸
然后是一截在水中不断下沉的阴沉木
涟漪先是横的
像是要把流水拦腰切断
随着流水向前流淌
又像是有人在河流腹部拉上一刀
但这一切很快就消失
河水比我们想象的还要快地
忘记了自己刚才被一块石头砸中的事实
轻而易举就恢复到原来的样子

(选自《诗刊》2021年3月号上半月刊)

悟王国维《人间词话》三境界

段光安

大师行远
寻他
在山间小路
有薄雾,看不清远山

传来鸟鸣阵阵
却不见鸟儿飞旋
青草结籽
花儿自乐其间
我拾阶而上
走过一个又一个树冠

山下,谁家小院矮墙
爬墙虎红绿相间
石屋上长满了苔藓

我认出那三块条石
叠码成三层台阶
砌于山门前

随着我的登攀
脚下的云雾渐渐散开
登上山顶
顿时霞光一片

(选自《诗刊》2021年10月号上半月刊)

激　动

柴立政

一滴汗水奔跑着
追赶另一滴奔跑的汗水
晶莹里折射出的奇迹
令我凝神仰望

褶皱的群山，以雪为背景
腾飞起一只金色的凤凰
那展开的巨大翅翼
惊动了山谷深处的清幽

雪如意恰到好处
冰玉环也并非修辞
我激动于诗意的萌生
且让世界敞开回肠荡气的章节

（选自《河北作家》2021年增刊）

寂静的山村

夏 寒

深夜,是一条口袋
里面装满了黑暗
黎明把口袋嘴撕开
从里面,倒出了
一缕晨光
沿着东山顶向下爬
它,悄悄地踩着
树梢、草叶和春天里的花
爬下了山坡
在农家院里停下脚步
扒着窗户向里 观望
火炕上的一床苇席
布满了一层灰尘
没有寻到主人的踪迹
太阳,在篱笆墙里
缓缓踱步
与屋檐下的杂草
默默地对视
仿佛在问
主人去了哪里?

(选自《中国诗人》2021年第5/6期合刊)

返 回

贾文华

我们折射到月亮上的目光
总会像月光一样地返回
返到心灵的空场
陪衬那些往事的氛围

那些旧时的流水
从浅灰色地平线启程
在我低吟的诗行中迂回
一些平淡的咀嚼
从一根青草的顶端
品出了天空的况味

如果土地可以返回天空
如果云朵可以返回羊群
如果最终的放纵
可以返回原始的蒙昧
所有生命的内蕴
能否返回不再计时的光阴

（选自《骏马》2021年第3期）

阳光在一面墙上

高　野

母亲坐在小院的凳子上
剥花生。噼里啪啦,如同时间被剥开。

外婆从里跳出来
把又圆又红的拣出。它们将会被作为种子
埋在新的土壤。
它们将会生出许多明亮的日子。

柴门对着空山,和麦田。
三五只鸡进进
出出,迈着神仙的步子。

偶尔一阵风
溜进来,像一个熟悉的人影又渐渐消失。

阳光在一面墙上
睡着了。一下午,没有人惊动它。

大地冒着热气。

而此刻,父亲的一把剪刀
刚刚把半亩桃林,修剪完毕。

(选自《星星》2021年第 2 期上旬刊)

沉香,像沉香一样飘散……

唐小桃

一颗心沉下来。香气提升
缭绕中我静静品味一杯茶与
另当一杯茶的不同
花香,在陈化的时间里妙曼
果甜也在蜂巢细微的水中渗透
苦涩有时恰似汤药。郁结化开
醇厚中回甘……点点滴滴
在流水里反复浸泡。一杯茶的
乾坤里。拿起。放下。
水雾上幻化出多少海市蜃楼
都在一片叶子上舒卷平伸
沉香,像沉香一样飘散……
我也跟你说过,不要在我的梦里
摇来晃去。别再和烟火纠缠不清
沉香,终像沉香一样飘散
许多人也像许多人一样
在沉香中飘散……

(选自《诗刊》2021年8月号上半月刊)

从宝安海湾远眺伶仃洋

唐德亮

面向伶仃洋,我身不能至
只能用一颗心　骑一条白龙
穿过历史烟云　悄悄抵达

时光逆流而上
从鲜花绿树簇拥的宝安海湾
到文天祥浩歌咏叹的伶仃洋
并不遥远的海程　时间
却已飞驰了七百四十年

云遮雾罩的伶仃洋　依然波澜壮阔
战鼓、呐喊与厮杀声　分明
从海底隐隐传来。推开白浪
只见一个民族英魂从水波中昂立
俯瞰苍茫历史　被海浪簇拥,欢呼

想象伶仃岛此刻在海水的托举中
渐升渐高。高成浩瀚南海
一根不沉的桅杆

(选自 2021 年 3 月 6 日《工人日报》)

归

唐冰炎

一只落了薄尘的瓷器
保持着旧时光里的姿态

七星桥,嵌在时间的裂隙
彻夜蘸着月色打磨刀斧
复刻村庄的旧闻交给枯萎与遗忘

路过的每一片青墙灰瓦
都有醒着的灵魂,跳动的微光
照亮我们的来路以及
一些枝蔓纠结的歧途

泥土温热,抱紧唯一的根
湿漉漉的风侧身穿过雕花小窗
敛起双翅,栖落老樟树宽大的肩头

(选自《绿风》2021年第6期)

铜钱草

黄　胜

移植不算难事,即插即活
无需刻意培植
但铜钱草,总让人无法藐视
除肖似的外形,风中摇曳的样子
会让人联想金币、大洋
钱庄的算珠。金石般鸣响

无处不在的血脉
泥土是其温床
春风捧出绿油油的欢喜。叮当作响
唯有心人能听懂
荡漾的声线。它们即兴舞蹈
虽非芝兰,却满足了窘困的想象
借肥厚的手掌,把丰盈的日子和盘托出
像檐下风铃
无法让人充耳不闻
不时告诫:铜钱是草

(选自《诗刊》2021年3月号下半月刊)

小 雪

敬丹樱

应该没有
收悉,来自初雪的亲吻
她正在一则不起眼的网络新闻里
遭受暴力
眉眼模糊,但伤痕清晰
她在湖北、广东或者四川
是某一人的妹妹
也是我们所有人的妹妹
她叫微微或者默默
但我更愿意从历书里翻出来一个节气
作为她的生日
唤她小雪,小雪——
我想每年至少有那么一天
天空会没完没了,分发给她
细小的善意

(选自《红岩》2021年第2期)

在一支曲子的平缓部分

雁 飞

在一支曲子的平缓部分
我们看见了草地、田畴、小桥流水
和生活的日常
和风吹拂,蜂蝶纷飞
日子,如同轻轻跑动的双脚

我们已经积累了这样的经验
过了这段平缓的部分
曲子,会在某个瞬间,陡然升高
堆耸成又一座峰峦
云雾缭绕,风景绝好

在一支曲子的平缓部分
有人换了一种跑法,双脚
如同鹰,整饬着羽翼
日出如常,在一支曲子的平缓部分
生活,在悄悄翻页

(选自 2021 年 11 月 18 日中国诗歌网"每日好诗")

重 逢

蓝 珊

你会和春天重逢
会注视一棵树上的
另一朵花
会听到小鸟
不同的叫声
会有小草
在贫瘠的土地上
不放弃生长

会有一只喜鹊
低低地和你擦身而过

两个可爱的
双胞胎宝宝
朝春天探出头来

你会张开双臂
拥抱春天

你知道春天
将会多么繁花似锦
春天也知道你
隐藏着的深情

（选自《牡丹》2021年第12期）

沙漠传说

蓝 帆

撒哈拉沙漠比海水倔强
每粒沙子都有坚硬的骨骼
风可以摆布它们的舞姿
却无法动摇守护寂寞的承诺

八卦在编排沙漠失恋的细节
每段演绎　都是道听途说
故事虚构在路上　主题破碎在子夜

那个白裙痴女曾仰天祈祷在沙漠中吗
那个西班牙大胡子分明化作美艳珊瑚潜水游乐
一个婚礼铸就了一个催人泪下的传说
一种宿命毁灭了一段遥远虚幻的勾勒

你可曾知那些虚掩的等待挤进多少望眼欲穿
风化在沙漠中原创的苦难剪不断理还乱

（选自《诗选刊》2021年第9期）

街　角

滕朝阳

黄河以北的正午
把阳光都给了我
我用它们为你铺路
你在我的天空飞翔
我希望你在前方
那条街的拐角留步
我没有什么礼物
只有几个夜晚
星星送给我的倾诉
我见到了我
见到了大地和绿枝
我和我的城市一样小
小得被你的翅膀忽略
除了你是不真实的
我和我见到的
都是我的项链
每一粒都光彩夺目

（选自《品读》2021 年第 12 期）

恋爱中的犀牛

龚锦明

犀牛冲进来时
我们正在接吻
它血红的眼睛盯着我们
仿佛我们才是入侵者
而它并非局外人
它就那样冷冷地看着我们
直到我们身体离开身体
嘴唇离开嘴唇
直到你摔门而去
直到那咣当的一声
把我从梦中惊醒
我起身,拉开灯
那只犀牛的角插在天上
把圆月——
削成一把弯刀

(选自《长江丛刊》2021年10期)

诗人的尘缘

郭思思

会不会在温暖的土地
留下一些传世的籽粒
或者从另一条河流
寻找曾经涉水而来的女人

会不会在温柔的刀锋下闪失
或者　错过千年的缘份
骨伤心碎
伤心才感到岁月的坚硬
伤心才感到时光的珍贵
伤心才感到尘埃落入眼中的滋味

在风花雪月的小屋里
谁能用玫瑰的花瓣
在梅的掌心
抚摸出前世或来生的旅程
将苦难中燃烧的诗句
高高举起
让疲惫不堪的灵魂
拨开迷雾　洗去风尘

哦　诗人
你让我一生孤独寒冷
也让我一生贴近神灵

（选自2021年11月29日诗歌杂志公众号）

桐

爱 松

一千万年前
星星坠落于此
江水清洗过的星光
又继续一千万年

绿色的飞鸟和白色的飞鸟
合二为一
它们在空中,对冲出一道弧线
载着空无一物的天空
继续下滑

没有谁能够命名
大地的忧伤
珙桐枝头,栖息着
亿万只翅膀

(选自《诗歌月刊》2021年第10期)

鸟　语

徐　庶

没人知道，鸟儿点头那么随意
是赞成还是反对
林子里，鸟儿要么不说话
要么把话大声说出来
它们没有私语
在鸟看来，我站在那里一动不动
就是多了一棵榆木疙瘩
我离开，就是一棵朽木不堪沉默倒了下去
鸟儿的快乐，源于一生只说几句
无人能解的话

（选自《青年文学》2021年第11期）

燕归来

徐 敏

算不算有些无礼呢
招呼没打一个,一来就
聚在人家屋檐下,吵闹着
整修去年的旧巢

叽叽喳喳的声音唤来春风
唤来绿意。远处的桃林被唤得泛了红
河川里白茫茫一片,水田
没了边界,燕子像一艘艘船
飞来飞去衔走新泥

谁还在意那些礼仪。自外
而归的少女,打着赤脚
裤管沾满了泥水
一脸喜悦,喊着告诉家人:
燕子回来了

(选自 2021 年 8 月 28 日《光明日报》)

新生的蚕豆仿佛是大地的耳朵

徐玉娟

门前这一片新生的蚕豆
仿佛是大地的耳朵
我走近它们
蹲了下来。我要和它们说说
这些年我对生活的热爱
说说我对男人和酱黄瓜的理解
孤独是看不见的,就像礁石和暗流
让船只改道
我一次次偏离了从前的理想
大地一定还有眼睛,当我注视着长江
那些浪花
也在看着我,我低下头来
看见蚕豆苗的叶子
动了又动,我确信
它们一定听懂了我的话
陡然生了怜爱之心
我站起来
望着来时的小路
我想,我应该从另一条路
慢慢回去……

(选自《诗刊》2021年4月号下半月刊)

瘦 冬

樊文举

天空很薄,没有一丝云
雀儿远走南方或藏进了窝巢
虫子在泥土深处已沉睡
风,从西伯利亚起程,闪烁着寒光
一路剥落大地的衣衫

枯草、落叶入泥
大山独剩骨胳,突兀独立
尽显每一颗黑痣
孤鸣的秃枝化作根根天地的筋脉
流水的音符被封存在冰甲下

抄近道而行的太阳助长了黑夜
寒冷突增了天地的距离
一场大雪覆盖了万种风情
唯寂静独活

(选自《葫芦河》杂志2021年第2期)

寻人启事

髯　子

他因患老年痴呆症
而不幸走失了
他去了哪里呢
他能去哪里呢
当子女们把寻人启事在媒体、街道
播放、登载、张贴，并焦急地
到处寻找他时，其实他也在
一刻不停地寻找自己的儿女，他是一张
简单易懂，有血有肉的寻人启事——
"孩子，我把你们丢了
你们在哪里啊？"

（选自 2021 年 6 月 13 日《白银晚报》副刊版）

秋天,终于学会了成熟

潘志远

月亮不会逃离
太阳更不会皱一下眉头
老天挺住了
一切都已尘埃落定

之前的雨,就当是多洒了几滴泪
再之前的雨,就当是多淌了几身汗
再之前再之前的,就当是乌云吐了几口唾沫
多骂了我几句

现在好了,大雁走人
牵牛花吹喇叭,柿子打灯笼
秋天,终于学会了成熟

(选自《现代青年》2021年10月号)

早起的人

魏天无

早起的人在门廊下看雨
梦中的人分不清雨声和高山流水
雨有时会停下来,看看它洗过的世界有没有变化
山谷中缭绕的云雾遮住了它的眼睛
早起的人坐着,抽烟
看对面景区大门紧闭
听说前几日有位游客
被落石击中头部,躺在医院里尚未苏醒
现在,我们只能在想象中看见
十来只白鹇在骤雨初歇时来到密林小径
又被松动的泥土和滑落的岩石惊起
像一团团腾空的白雾
每一棵植株都被雨的指头敲打
每一片叶子都倾向大地
我们这些城里来的人
躲过了一次又一次灾难
有的早早醒来,有的还在梦中
美好的事物虚幻如故
对它朝夕相处的世界
保持着分寸

(选自《长江文艺》2021年第9期)

古镇少女

薛清文

也许,和你想象中不一样
她不会撑着油纸伞
走过铺满青苔的雨巷
不爱穿旗袍,也没有蓝布扎染的衣裳
她走在小桥流水的岸边
心中藏着关于远方的梦想

也许,和你想象中不一样
她没有温柔的长发
拂过游子微凉的脸颊
古诗词诵读不多
也不擅长琴棋书画
她只是一个平凡的少女
恰好生活在你梦中的水乡
她拒绝被文学艺术定义
也不想成为谁笔下的月光

古镇,不必永远只是古镇
回不去的故乡依然是家乡
有追求的少女,无须迎合世人
返璞归真,要长成自己喜欢的模样

(选自《神州乡土诗人》2021第2期)

四辑 诗海珠贝

一条鲤鱼游在黄姚古镇

丁少国

什么时候被困,无须查考
一条鲤鱼已不再纠结于被困的原委
它懂得来施救的人看重什么

鱼不忘在青石内保持游动之姿
这种等待,是千年或万年耐心
修炼出的心境

那位匠师,观石识石
耳力强,听懂顽石内鱼的呼吸

不为艺术,左手右手握紧使命
锤子发力,凿子轻雕细琢
从胸内一寸一尺地拿出气息
吹碎屑粉末,吹千万年时间的厚重

直到它自由地游回来
一条古街生动活泼起来

这天有雨,我知道雨丝不是钓线
鱼也知道,一切如此安宁而有趣
它游到我的脚边,一副快乐可爱的样子

左脚有了心事,试着脱鞋,要变为鱼
右脚也随之萌动

注:广西黄姚古镇有一条鲤鱼街,街中有块状如鲤鱼的石头。

(选自《上海诗人》2021年第5期)

我等你轻轻呼唤

刁家乐

月亮爬上树梢,迷恋
花开笑容的盛宴

瞬间,一颗流星划过
啼叫,夜鸟归巢

月儿朗朗,我在柳树下
等你轻轻呼唤

我梦中梨子开花
那倩影,托着白瓣黄蕊

那是一碗花茶
喝一口,就会醉三生

(选自 2021 年 12 月 18 日"东方文化艺术总社"公众号)

风 向

川 上

风往南边吹
挂在晾衣杆上的
白衬衣
鼓鼓囊囊的
风往北边吹
挂在晾衣杆上的
白衬衣
鼓鼓囊囊的
同样一件白衬衣
在不同的时节
鼓动　摇晃
在相同的位置上

(选自《诗收获》2021年春之卷)

蚯蚓的方式

小布头

泥土里,命中的蚯蚓,被一把锹
碎为两段

两段在泥巴里挣扎
一截卷曲着,拼命想够住另一截
徒劳的,一头够不着另一头

那是蚯蚓的方式
那是世间一部分受伤的人的方式

假装和对方不相干
一截往北,一截向南
有头,有尾
伤口完全看不见

(选自《北京文学》2021年第8期)

山口上,我的哨位我的青春

马　克

石头排列成喜马拉雅山脉
伸向远方
脚下,海拔五千米高原上
山口,劲风野蛮
我努力把自己钉在哨位上
紧握钢枪,在阳光下站成一尊雕塑

山口上,有我的哨位,界碑在我身旁
我必须用青春守护
它上面每个朱红的汉字拥有的尊严
此刻,阳光凶猛
执意把我青春的脸庞镀上一层高原红

帐篷,绿色的军用帐篷
一顶,二顶,三顶
这是我们的营房
我们常常在营房里
听山风肆虐的歌声
山风呼啸,陪伴着我们每晚入梦
当然,睡前
我会用冰冷的凉水泡一下脚
洗去一天的疲惫
我只能用这种方式,呵护我的青春

七月，盛夏的寒风迎面吹来
遥望远方雅鲁藏布江河谷
山花怒放，伴着初升的太阳
我们在营地升起鲜艳的五星红旗
用手机播放嘹亮的国歌，列队敬礼
在我看来，这是世界上最隆重的礼仪

站在山口上，从哨位向四处望去
一眼望不尽的灰色岩石和皑皑雪线
一望无际的灰色花岗岩和雪山
连接着远方的苍天与大地
单调的色彩
让我的迷彩服、蓝色的执勤臂章
和营地上迎风飘扬的五星红旗
变得更加生动靓丽

山口上，有我的青春我的哨位
任孤独日复一日，把我紧紧包围
任七月的寒风继续向我示威
我用钢枪在高原上
写下八个遒劲大字——
岁月静好　无悔青春

（选自《橄榄绿》杂志2021年第1期）

簸箕湾

马文秀

出生在形似簸箕的地方
我是母亲筛选出的一颗种子

种在簸箕湾的落日中
童年的欢乐,不止在田野
更在苍茫暮色中
头枕着山岗,向往远方

簸箕湾足够小
小到站到山坡上
能听到每一家的喜怒哀乐
簸箕湾足够美
山坡青翠,溪流温婉
抬头望着皓月寒光
也能吟出浪漫的诗句

漂泊多年,我依旧在地图上
寻找你的足迹
无论未来多么滚烫
我只愿依偎在你的掌纹中

(选自《诗刊》2021年6月号下半月刊)

草堂园的脚印

马进思

翠竹影子修长,遗漏的阳光
跟随一条流水泛起悦动的韵律
刻意传出主人千年的脚步

台阶布满苔藓,侧旁的桂枝
挂满斟酌许久的字词
轻风飘过
句子沉郁顿挫行走在侧旁

有鸟声从最高的树梢飞过
那是青天的黄鹂
不时有松果掉落池塘
惊停了一片蛙声

游鱼在塘前逍遥
一只灰猫在屋檐上呼叫
小径曲折百回
依然留有杜工部生活的足迹

(选自《昌平文艺》2021年第3期)

胜利日

马晓康

那一天,天气晴朗
人们将走上街头,欢呼
为长久的压抑和封闭
空中已没有盘旋的怪鸟
挨过了一整个冬天的寒冷
嫩芽也在枝头泛绿
女人、孩子、还有老人
在这个冬天
失去自己的丈夫、父亲、儿子

(选自《特区文学·诗》2021年12月号)

无 限

子非花

你充满有限纸张的一天
将一些麦芒高高竖起
看！你终将回到
被秋天忽略的广阔情意

到达深秋，
你再一次看见辽阔的我们
公元前你被追逐
公元后你追逐她们……

美丽的时间往上看
是一生的流水

落叶踮起脚尖
小心翼翼地踩着
消逝……这永恒的尘土
在岁月溅起的飞沫里
你突然看见……

蚂蚁们拖动微茫的自身
像拖动一块无限的布

（选自 2021 年 12 月 29 日"子非花"公众号）

诗人怀揣落日

王　法

黑夜笼罩
人间安静无比
满天的繁星
昭示出人间的琐碎

草木之心
被黑夜遮蔽

风停止了脚步
萤火虫
给夜间出巡的众神
点燃微弱的烛光
神只在夜晚出没
难以察觉白昼下的罪恶

诗人怀揣落日
在梦中与众神交谈
神说：你是人间之子
请交出怀中的落日

诗人说：不！
我来自于黑暗
我要在这里写出诗歌
用我的歌声温暖人间

（选自《太阳阁》诗刊2021年第9期）

黄河左岸

王 琪

晚风吹来,河水趋于缓慢甚而停滞
像梦境,又一次浮现在寂寥的暮晚时分
对面的群山沉入灰色的影像
但我能大致看到它的轮廓
雾霭稠密而深沉
沿着河流的走向,在我举目张望之外
搁浅的船只不曾抵达的远方
形同看不透的一生

没有繁星闪烁,而旷野依旧苍茫如斯
我们以熟悉的乡音开始交谈
必将成为今晚最为欢愉的时刻
风在呼唤,我们也不曾听见
柳梢拂过额头,我们也不曾觉察
一群哞哞而叫的牛行进在弯曲的乡村公路
旁若无人一般,不回头,也从不在意浑黄的河水
日日夜夜流淌不息,带走了什么

(选自《民族文汇》2021年第4期)

蓝色湖泊

王　毓

在头顶种下一片蓝色湖泊
树影背后的黄昏是父亲翻译出的霓虹
杜若、琉璃、火药……一切的蓝徐徐攀升
迷宫里招摇的水草,现在只是漂流
可它拴住爱情的时候,囚禁过自由
漂吧,接下来的情爱云卷云舒
拥抱射向我的尖刺长成珊瑚
我的骨头将会陈述地球斑斓的秘密
所有的时间都是掌心叫作拂晓的哲学
把银河收进,撒出白雪
茉莉、香槟、月牙……一切的烛火在湖面上快乐
光和着歌,周遭日月星辉是清风吹
平视天幕,这天使之境
在血液里无始无终地流

（选自2021年12月11日"一见之地"公众号）

麦黄时节梦见爷爷

王从清

正是家乡的麦黄时节
梦见风烛残年的爷爷
拄着黄褐色的拐杖
曾经敲过我脑袋的拐杖
刚劲有力
和身材高大的爷爷一样

爷爷他面无表情
满头白发　一脸坚毅
不喜不悲
依然是在世时的模样

醒来胸口隐隐作痛
无可名状的黑暗潮水般涌来
有骨骼炸裂的声音
窸窣作响　一如我的诗句
漫无目的　四散飘飞

我辗转反侧　难以入眠
盘算着如何将我的诗行
运回汴河岸边的家乡

（选自《绿风》2021 年第 1 期）

滩 涂

王兴程

落日搁浅,像是湖水的遗留之物
水薄薄的,晚霞滑过镜面,向西飞去
灰雁、白鹭、野鸭们开始在滩涂上踱步,欣赏自己的倒影

大水洗过之后
似有喧嚣之物集体散去
遥远的星辰落入滩涂
湖水仍像一个意犹未尽的过客

隐形的天堂就在低处
肉眼乏力,需要无人机替我们
将其收入囊中
"大地剩余的一部分,也有无尽的辽阔"
湖水越走越远,顺带绘出了天涯和海角的版图

傍晚时分,湖水一再涌来
滩涂消失,鸟群飞离
所有发生过的,重新隐入黑暗

(选自《人民文学》2021年第8期)

从瘦马的身体里,牵出一匹西风

王爱民

以唇边的一个名字
为落花
亮开四蹄的流水,会把她
带到哪
落叶清扫旧时月色
雪花吻遍天涯

笛子欢快
却吹出心中的疼
和六个眼的虫鸣

从瘦马的身体里
牵出一匹西风
从一滴雨的眼睛里
淘洗出流沙声

(选自《诗林》2021年第5期)

风

王笑风

有一次,我梦见我是风
游遍了世界

在我的家乡锡林郭勒
黄昏时分
我听到父亲喊我
我哭了,我的哀伤无色无味、无所附着
我的亲人都看不见我

(选自《草原》2021年第11期)

那年小满

王浩洪

小满那天我站在麦地里
麦穗黄中带绿,饱满而新鲜
像足月孕妇的巨腹,有强烈的
爆炸感
麦站立,笔直,那么细的杆撑着
那么巨大的头颅
我提着镰刀,不忍心割断那些完整,
不忍太阳把黄与绿晒干
这时有一个联想跳进了脑中——
麦子在旱地,跟水田的稻不同
麦子也不像稻子,熟了就低下了头颅
我不知道要学习水稻还是要学习小满
我站在地里,想自己的瘦骨恰如这一杆小麦
只是头颅,头颅没有那样饱满
果然,多年以后,有人指出这要命的缺陷
——你的脑袋太小,应该再大一点点
她不知道,躯干可以膨胀,唯脑袋不能
脑袋不可以膨胀

(选自《东坡文艺》2021年第4期)

去往山岗的人

王祥康

一步三回头　为尘世
他气喘吁吁　山岭有些陡
但他不会停下脚步
他要到高高的山岗
听懂鸟声　与风对歌

那个慢慢向上的人是我的亲人
他已没入云端
青石上留着脚印
春天过去很久　一些花朵也已凋零
我的鼻翼依然萦绕着香气
像在梦境　云端之上
他眼里的光被星星借走

去往山岗的人　身体越来越轻
我在山下一边守住他的影子
一边抬头望向半空
那一朵火烧云好像是他
灵魂长出的翅膀

（选自 2021 年 6 月 30 日 "诗篱笆" 公众号第 2 期）

风吹落了星星

支 禄

风一大
天山熟透了的星星
就不停地摇晃起来
一颗颗不停地摇呀摇
风再一大
星星晃荡一两下
就从天上,落到了
艾丁湖的北面
星星从天上落下来
就不叫星星
应该叫玛瑙、玉石
彩玉、珊瑚石……
昨晚风很大
星星落了不少
天刚一放亮
人们一个个提着筐子、布袋
开着卡车出发了
到了晚上还没回来
是落下的星星没捡完
还是要等风再吹上一阵子呢
天气预报说了
午夜,艾丁湖风区
有九到十级大风
那时候星星定会落下来更多

(选自《绿风》2021年第3期)

剪一段时光

尤屹峰

准确地把生活中
某一段精彩的时光剪下来
夹进书页当书签
让生活的那些真实画面
每天像电影一般放映一遍

剪一段时光作画纸
用生活的画笔
把人生最美丽的图景画下来
永久储存进生命成长的陈列馆

剪下一段时光
让人生的行进时间暂时停止
虽然还不能使人生增加厚度
也尽力使人生增加长度

（选自2021年1月8日"诗人样本"公众号）

扣 子

瓦楞草

最幸福是做母亲胸前的扣子
听她心跳
感受热浪通过血脉涌向全身
多温暖啊
可我偏不是那一颗
弟弟一出生占据了那个位置
这之前,哥哥是那位置的宠儿
从年轻时到埋进黄土
作为母亲身上一颗扣子
我出现在她穿过的衣衫上
有时是袖口
有时是领口
我感受她因为抱歉传递过来的暖意
也毫无怨言在指定位置上
成全一种完整

(选自《六盘山》2021年第5期)

青春无悔

文 川

黄昏落下帷幕
灯光像一个淘气的孩子
捶打着心灵的窗棂
我要翱翔,我要年轻

我多想是一张床
却总也锁不住失眠的阳光
我多想是一棵树
却总也躲不开七扭八拐的生活
我多想是一双眼睛
永远装着一片纯净的天空
我想永远年轻
却总是看见岁月在金黄中凋零

天边有一朵永不消失的白云
在向我呼唤
圣殿的一草一木呵
在吸引着我躯体的每一个细胞
我愿做一滴血,播种进泥土
展示世上最翠绿的颜色
我愿做千万双耳朵
倾听着一支永远不走调的歌

黄昏,已落下了帷幕

灯光,就像一个淘气的孩子

在捶打着心灵的窗棂

青春无悔,生命常青

（选自 2021 年 11 月 15 日"华川文化在线"公众号）

读你时,沉默

方　严

正午了,在这不安静的时代坐上去德令哈的火车
趁夜色未来临,以卑微的语词来安抚
德令哈的一株草命。背上催促你变得狂野的诗集
想起石头上的日记,正用蔚蓝色的天空和更柔软的
谁的影,为草色、新鲜的蔬菜
解开无奈,挣扎

我读你时,沉默
适逢雨水与诗歌揪住的德令哈
仿佛再次听到姐姐踩着朝阳一直忙碌到月亮
摔落在地上的声音

你的诗像极了开启良夜的钥匙
今夜,德令哈,以四分钟的停站时间,欢迎我
欢迎我想起过去,忘却被忧愁所困的你
庆幸,缠绕着我成长的姐姐和我一同坐在火车上
在黑夜里,将日记读出了声音

火车越开越远,原野越来越瘦
沿着你写的自由的本质追索而去
可能,你的姐姐比你写的日记更好看
在温暖的春天,我找到了你的诗句
握到了比姐姐的手还要温柔的脉搏

(选自《天津诗人》2021年第4辑冬之卷)

中间地带

卢圣虎

苍茫,高远
举目就是这面穹空
但它叫做天
如果涂上梦想的颜色
它就叫天堂

离我们最近的是地
如河流一样漂泊,布满围栏
据说地下是九泉
据说化成灰或者落叶腐朽
才会见识这种美好

我们存活于中间地带
敬仰天,也取悦地
常常尴尬于悬置的两难
反复将黑与白揉搓
然后才拢起一小片天地

(选自《诗潮》2021年5月号)

霜 降

白丢丢

它摘走了父亲,和坟头上的草
摘走了一些鸣禽的歌声
又过来把河流的镜子,摘走
但我不能劝它回头

最易让人失语的是爱
带来雪的,是最后一粒风
时间收留过很多命运
献给生死的,必须是一颗霜打过的心

(选自《诗潮》2021年第1期)

临界点

冯 岩

断面,夕阳泼到楼顶
初冬呼出的白气灼痛刺眼的光
脚步逼进

风景中有秋天遗留的红与黄
还有果实收获后的喜悦

生命在下一个轮回中萌动
下沉的光把身影量了又量

撤回意念里的彷徨
夕阳下伸出无数双无形的手
移动的光标从远拉进
影子有了温度和活力

一只迈出的脚被无形的手拉了回来
哭泣和欢笑在临界点一起爆出

(选自《诗潮》2021年第4期)

霍拉山下的葡萄园

吉 尔

霍拉山下的葡萄园
即将采摘的葡萄坠结在葡萄树的半腰
果农的妻子坐在三轮车一侧

后来,我想象了她的眼睛
葡萄核一样的底色、流溢出葡萄的光泽
和一双有着时光之美的手

这是一个安静的上午,我遇到的事物
都有着安祥之美
红薯开着小嗽叭花
沙枣挂满低垂的枝条,棉花就要开了
在一片废弃的葡萄园里
马匹和牛羊在低头吃草或打盹

这应是世界该有的样子
要知道,在静默的霍拉山下
每一粒葡萄
都是先知审视世间的眼睛

(选自《绿风》2021年第3期)

在纳木错

过德文

是天上掉下来的
还是圣湖飞上了天
水天一色的蓝,蓝得
让人心醉,又让人想哭

幽蓝清朗的湖边
天空敞亮
今天不写诗
我双手举过头顶,尽量
把自己放空,然后
取一滴水的灵感喂养灵魂
然后,任湖风吹乱我的头发
任寂静随意整理我的衣襟
任碧净的湖水一页一页翻阅天空
这样,我们因为陌生
而彼此欣赏又互为风景

湖水就这么简单地闲置着
天空也在闲置
我只须关心身边的风
和空无的山色,很多安静和美
仿佛就是这样用来浪费的

(选自 2021 年 08 月 11 日 "中国诗歌网")

村头的向日葵

刘　琳

村头的一片向日葵
仰望了阳光与天空
仰望了飞鸟和更加高远的事物

当夜色渐渐降临
它们只对着一个小村的灯火、几声狗叫
和逐渐散发开来的臭汗气息
低了又低，垂了又垂

（选自《草原》2021 年第 12 期）

微 笑

刘克祥

再寒冷的冬天也会过去
疾病，亦或死亡
无非是换一种空间

你，仍在微笑
仍在瑟瑟的风中排着长队
就在我的身边——
一个八十八岁的老人
由于腿脚不便
骑在一辆三轮车上排队
你说，上次做核酸，也是这么来的
按你身体的实际状况
你是不能长时间站立的
当工作人员说你可以不用排队时
你却谢绝了

你，仍在微笑
我忽然觉得一股暖流
瞬间涌上心头
就像我慈祥的祖母
一个眼神就会让我热泪盈眶

是的，在忙忙碌碌的生活中
当我们学会怎样去爱
冬天也会有彩虹的颜色

（选自 2021 年我 1 月 31 日《工人日报》）

不同年代的人们围坐在四周

刘洁岷

我再也不想屈服于一种不计后果的冲动
裂隙与虫洞,生命露出来了平实得惊奇的
另一面:如地主富农一夜被迫清空或藏匿财产
我想到的是在过境时填完表格走完程序
夏天的温暖的雨轻轻舔舐中年男人的表情包
不同年代的恋人们围坐在四周
直楞楞望着不同的我,就像一些
模样和姿态古怪的遥远地带沙漠植物
她们唤起我似乎熟悉的情感和扑朔
迷离的记忆,巷口那边,乌黑的云雨风景
大街上的女孩子们又热浪一样冲出家的掩体
激情的汗水像从滤纸里一样渗透出来
太阳从空中垂直滑落,毕业生的课本飞上了天
搜肠刮肚回想久远的细节,我敬仰的老者
在当年的批斗大会旧址捡拾脚印和身影

(选自《花城》2021年第6期)

湖与蛇

刘雅阁

我的心是寂静的湖,长久地
沉默着。偶有只字片言
从远方飞来,落入湖心
激起几点涟漪。这一次
你从船上发来照片:碧蓝的
湖水和一条蛇,并非美女蛇,而是
依墙而立、闪着金光的巨蟒,非亲眼
所见,更难以置信:象征主义还是
命运的暗示?难道它的出现,就是
要将这满身金色的鳞甲卸下
并赠予你?从而使它和你共同
完成一场彻底而华丽的蜕变
湖水泛起波澜,如同起伏的人生——
载浮载沉。你的命运,再一次
握在了你的手里。而我将继续
无尽且无果地等待,不过
我需要的不是金蛇,而是
白马,一匹赤诚的白马
能够将我的湖托起

(选自《诗歌月刊》2021年第5期)

和马某在桐乡

汤明桥

我无法向你归还什么
好在我们并没有彼此承诺

阅读这里的旧石台
树枝伸入水中,荡起波纹
作为陪衬,我们
向等待素人来访的河滩致敬

此时一艘船靠岸
我们观察船头,也留意船尾
一半是枝繁叶茂的北宋
一半是草木萧疏的南宋

桂花树旁的炊烟
袅袅而上,遮蔽了半个天空
我们顺流而下,但愿火烛银花
不至于过分炫目

茶叶弄的石阶上嵌满了青苔
一只猫回头,习惯性打了个喷嚏
像是提醒我们保重身体,便摇着尾巴去了
在它的一方天地里,是否也有"今夕何夕"

夜深，北斗偷走了我一半睡眠
屋外华灯璀璨，我们于室内隔窗观火

（选自 2021 年 11 月 10 日"万卷文化传媒"公众号）

与谢安下棋

孙　梧

棋局的胜负
起源于落地的棋子。棋子是手心的孩子
此刻的谢安
掷子有声,落子无悔
盘上的谢石、谢玄在淝水潜伏
草木是多余的兵
而举棋不定的我,听风声,读密语
与棋子对语
与前线来信对语
读信后的谢安,如茶水的空
出奇的寂静,像悬崖边赏完野花
激流处品完流水
画一道河,成横;画一座山,成列
汇集成江南的山水
有最好的卧姿,和他起身时一个不经意的趔趄动作
我也起身,回到当年的兰亭下
长啸一曲,畅饮醉卧

（选自《文学港》2021年第11期）

纸枷锁

杨　荟

春桃　今儿什么戏
——没戏

哦　没戏也把枷锁给我戴上
轻点儿慢点儿
不要用力不能用力

夫人　一纸糊的怕啥

嘘
——纸糊的才更可怕

（选自《诗潮》2021年3期）

云 雀

杨云霞

新想法,如石头,难以冻坏
那是
云雀的叫声
冲天而上,灵魂的针

风被钉穿
但天空
不会死,只因此带着一个针孔沉思
在五月,放出晴朗
让每一朵云都是皎洁的记忆

云雀回到石头上
站立,调音
新想法藏在翅下,像茉莉
尖喙染上红光,叫声的细枝
滴着透彻的盐汁

(选自《珠江源》2021年第2期)

正月十五观礼花

杨正彝

瞬时的花朵,
刹那的永恒。
一朵朵,
一串串,
伴随着尖叫和轰鸣。

点燃了,
星星提着的彩灯;
照亮了,
棉衣包裹的心灵。
像银蛇,
狂舞在苍茫的夜空,
如春雷,
发出驱散冬天的吼声。

是涅槃还是新生?
竟出现这样的场景!
谁想到:
在奉献自我的无畏爆炸中,
美丽却一次次辉煌地诞生!

(选自 2021 年 2 月 18 日《中国新闻出版广电报》)

细十番

严敬华

提炼一种合奏乐，须卸下生活之重
退居乡野的笙、箫、笛、琴、弦和木鱼
或坐或站，开合之间——
云锣、汤锣、檀板、大鼓搬动意象

曲调流过指尖
童年的一部分记忆，越过那道仙岩
从时间的灰烬里
试图组合出几句阳光般的诗

推开窗，交出平庸而单调的日子
和花朵一起穿越轮回
宫商之间，沿着天籁的悠扬
找回最初的片段

于黑暗处摆渡幽雅。音符，错落有致
缝补浮世的伤口。锋芒匍匐——
恰似从九重天罅里偷来一束光
在内心里疯长。那一瞬，恍若稀声

（选自《扬子江诗刊》2021年第3期）

屋檐下的冰凌花

李 晖

屋檐下的冰凌花
晶莹剔透，纯洁高雅
冰天雪地里悄无声息
尽情怒放，与寒梅争风华

一丛丛，一簇簇的冰凌花
如梦如幻，美得像童话
玉骨雪颜，百媚千娇的冰凌花
开放在一家家屋檐下

冰凌花，冰凌花
如果你能听见，请给我回答
如果你有空，请陪我过这个冬好吗
我可以送你一季清风的好年华

太阳出来啦，屋檐下的冰凌花
害羞地回答
我有空来，但也会一点点
回归碧空与地下，只要你懂我
你就知道我常伴你左右
天长地久，在阳光下玩耍

（选自 2021 年 9 月 15 日中国诗歌网）

老母亲

李 铣

春天里,母亲正走下坡路
从89岁的海拔,一泻千里
走着走着,身体的烛光就散了

顺流而下……迷失的白发
如坚硬的生铁
刺痛我。母亲背叛方向感
奔赴大海的边缘,奔赴陆地的门楣

(选自《诗刊》2021年10月号上半月刊)

影 子

李丽红

母亲的灶
在侧门外巷子里
临灶的墙上
有一小窗
阳光来，风雨也来
炒菜时
锅里的油烟
像龙像马像小鸟
一拨一拨地，往窗外跑
它们腾飞的影子
全都落在
母亲的菜里

（选自 2021 年 8 月 3 日"抵达"公众号总第 1402 期）

一树梨花

李继宗

最终开败的这一天是农历四月初四,一个雨天
雨滴顺着窗户玻璃下滑
水泥做的窗台,不一会儿就湿透了

最终开败的这一天我望着窗外
院子不大
骤雨初歇,空寂之中,它们已经开败了

这一天就像是它们等来的
它们等来的
日子,与我们的不同,但我说不好有什么不同

(选自《诗龙门》2021年冬卷)

远 方

李晓光

时间 被熬成了一只鹰
而鹰则成了我的远方

在灯黑风疾的老家　陕西
是我的远方
一尘不染地走进陕西
大秦岭成为我的脊梁
渭河　热血涌动
安徽　又是我的远方
湖水相连　我看不到
自己的影子
远方还是远方
屋檐下行色匆忙
血脉里有鹰的呼唤
黑纱后的妹妹
明眸闪动比鹰的目光还远
而我是鹰之后的一粒微尘

（选自《诗刊》2021年2月号下半月刊）

缆　绳

李鲁平

我看见过一些绳子
躺在城陵矶的荒滩上腐烂、长毛
当年它们粗壮、结实
锁住过三江的风雨
它们的业绩
再深的港口，再长的江河装不下
如今一只渔船它们都无能为力
太阳底下，尽管是冬天的太阳
它们也必须低头、谦卑
一个海员就地明白，再凶狠的世界
也有一扯就断的时刻

（选自《芳草》2021年第2期）

可不可以思念你

李嘉维

我可不可以思念你
如白云思念蓝天
如雨滴思念大地
如瀑布呼啸向前跨越悬崖峭壁

我可不可以思念你
听你耳畔呢喃低语
内心坚定梦无边际
一起仰望宇宙深邃星际迷离

我可不可以思念你
如空气思念风
如游鱼思念水
如我思念你

（选自 2021 年 11 月 22 日中国诗歌网）

喊一声葫芦河

李翠萍

多年的渴望

缺水的沟里终于听到了水声

水温暖地流着

流过将台堡，途经单家集

一路向南

湿地上，一只野鸭探出头，鸣叫

两只，三只，四只……

岸上的"花儿"似河水流淌

漫过陕义堂广场，漫过

一个个农家小院，一路婉转

棚里，牛羊吐纳着欢快的节奏

像两岸庄户人的絮语

喊一声葫芦河

如同心底爆发的一句"我爱你"，多么狂热

喊一声葫芦河，如同喝一碗八宝茶

千里之外也能品出家乡的味道

喊一声葫芦河，如同吼一板秦腔

这从骨子里吼出的深情

把九曲十八弯的愁肠都吼没了

（选自 2021 年 1 月 25 日《宁夏日报》）

擦肩而过

沈少锋

我给一些字喂花瓣
一朵一朵
桃花,栀子花,小雏菊,腊梅
一个春天又一个春天离去
我的分行依旧
没有一只蜜蜂飞来

我蘸着月光把那么多书
吞进胃里
以为,无数的字喂养心中一株兰
与梦里的人擦肩而过
兰香会截住一节目光

可相逢
只不过是我枯瘦的分行

(选自 2021 年 7 月 13 日"新月诗刊"公众号总第 218 期)

骆驼刺

张栓固

寒冷的冬季
苍白且遥遥的戈壁
风，啸叫着卷起沙粒
也梳理着你的长长的发髻
瑟瑟的抖动里
仿佛你亮起歌喉
唱一首昂扬的歌曲

阳光无声无息
一如既往地照耀着土地
你的身影在阳光下变换着
长和短　近与远的距离
在这苍白的季节
你没有低下头颅
也不去诉说许多的委屈
只是竖起坚硬的细刺
使自己不要倒下去
保持这挺拔的身姿

我走在你的身旁
不小心，被你扎了一下
疼，隐隐的疼痛
我却没有在意
我想象着春天来到之际

那一蓬蓬骆驼刺
将这漫无边际的戈壁
涂染上春水般的
一抹新绿

(选自《四川诗歌》2021年春卷)

春天的书信

陈阳川

浪涛拍岸,隐入石头城
从海上退潮,明月抚琴
许多人端着夜色的酒

我豪饮夜色,将白马拴在驿站
放下行囊,宣读春天的书信
没有微醺的秘密,读给海水
读给叶瓣的露珠
读给自己,听

清晨的雨醒了,听雨的人
打伞的杜鹃红遮不住桃花词
纷纷落纸,每一字
都淅淅沥沥

(选自《广东税务》2021年第5期)

两棵衣冠不整的古树
——题漆军艺画作《金秋》

陈明火

秋，住在黄土高原上
特别关注着
两棵衣冠不整的古树

树身，皮肤全没了。仅有
粗细相间的、痛苦过了的刻痕
暗示着万千磨难
树的脚下，看不到一粒黄土
只能看到黄土已被挤压成石坎、石坡
无奈地躺着
即便是这样，两棵古树
在残肢断臂处照样举着鲜活的叶
让秋阳居住

秋，是否可以这么提醒人们
这里的两棵古树
不应只是当树看待了

（选自《岷州文学》2021年第3期）

星火井冈

劲 草

苍松映着石碑
守护长眠的英雄
一横一竖，一撇一捺
撑起了一个个顶天立地的中国字
朴实无华，望不到边际

老乡，再唱一曲《十里送红军》
歌声里有青涩鲜活的生命
待四月之春，红色杜鹃开遍山林
挽一束束花环，敬献15744位英灵

那一座又一座无字碑上
当年生龙活虎的年轻生命
点燃了燎原的星星之火
此刻又化作美丽夜空的满天繁星

黄洋界上，峰峦映苍松
炮声与号角不时在耳畔回响
提示我们珍惜来之不易的和平

（选自2021年7月9日《解放军报》长征副刊）

数雪花,数日子

呼岩鸾

每一片雪花都下得很大,下得很慢,
我数雪花,看看我一天里
命中注定能数到多少片雪花
我没数到一千片,雪就不敢下了

我的庄院里只有十棵树不用数
十棵树每条干枝上都挂着无数片雪花
这是些没落地而最纯洁的雪花,没法数

我数日子
树枝上,雪花变成绿叶,变成黄叶
落到地上经过的日子
我数出来了
但我不数我自己剩下的日子

(选自《岷州文学》2021年第1期)

春光深处，有一树开花的海棠等你

柳 歌

春光很深了，你还没有动身呢
如何安排这个春天，把花朵写进诗中
尚未构思成熟；一茬又一茬的落红
还在诗句之外，顾不上收拾
就在这个清晨，满树的海棠花
竟然全开了！推门而出时
满眼飘来的都是丽影！仿佛院子里
一下子来了许多，穿粉红衣衫的妹妹
海棠花开得如此惊艳，如此齐整
让大好的春色，刹那间就前进了十里

故事本无新意，一直在重复上演
剧情相似，连细节也如此雷同
无论是谁登上枝头，或是黯然离去
尘世里都波澜不惊，了无痕迹
一些美好渐渐老去，让人心疼
一些事物非你所想，却正在发生
在春光最深之处，日子淡若流水
竟然有一树开花的海棠，等你
人世间最温暖的事情，莫过于
阳光洒在身上，满月升上当空；还有
在你最不经意时，院子里的海棠
一夜之间，花开满枝

（选自2021年2月3日品阅网）

白色的太阳

胡理勇

白色的太阳,像一枚银币
软弱的光芒,力不能穿鲁缟
更别提穿透人心
它一直坚持惯常的动作——
高昂着硕大的头颅

它不是僭主
是亘古、永恒的王
它统治白天,也统治黑夜
它用震古烁今的语言
发布命令,让一切臣服

暂时离开现场
妖星,荧惑星,群魔乱舞
累得不行的时候
风乘机收割四野
河水,恣意结冰

仰仗它哺育,仰仗它成长
在它注视下,衰老、死亡
想摆脱它的照拂
悲哀地发现,这怎么可能

(选自《浙江诗人》2021 年第 2 期)

铁家伙

胡刚毅

锄头、镰刀、菜刀
这些铁家伙的牙齿锋利无比
什么咬不动?
全身硬得找不到一条罅缝

柔如少女的水
是它的冤家,沾上就脱不了身
悄悄把小朵乌云搬上去
安营扎寨不走了
铁,脱了一身皮,仍走不出
疲软的恋情

(选自《猛犸象诗刊》2021年5月14日)

残 叶

赵国增

秋风使人愁
我独立湿地，怅望

洁白无瑕的荷花
失去了摇曳的体态
高傲如君子的荷叶
也不见了挺拔的英姿

昨日喜雨，今日叶黄
一如现在的我，不就像是一片残叶吗
然而残叶，有时候也是一首动人的诗啊

听着潺潺的水声
联想到李易安"莲子已成荷叶老"的句子
心里便有些释然
是啊，万物皆有其不可抗拒之命运

（选自 2021 年 11 月 12 日《太原晚报》）

火山人家

森　森

意念中的火，并没有让人感觉到灼热
一个烈日当空的上午，在昌道村
我们站在伟岸的加布树下，感受微风的温柔
以及纯朴的乡音与笑脸
我们迈步之时，才发现早有成熟的黄皮
站在路旁，探出圆鼓鼓的脸
在绿荫下，我见到了熟悉的老朋友
肾蕨、益智、刺竹、石斛、金银花、桃金娘
又认识了一些新的朋友
豆蔻、释迦、倒吊笔、鸟巢蕨、牛大力
它们长势良好、无畏无惧，让我一度忘记
这块土地上，除了黝黑的石头
还是黝黑的石头
让我一度忘记，这满眼的繁华
是怎样从宋代开始，从石头缝里
掏出土壤与水分，掏出粮食和果蔬，掏出
一代又一代兴旺的子孙

（选自《诗刊》2021年11月号下半月刊）

山林随感

柏 坚

万物显出各自的轮廓
黎明的霞光
照亮林中飞翔的使者

孩子们带我去那个山谷
当一阵风吹来
林间有飞鸟,正奔向我

我在心里默念你的名字
放眼望山林
树木葱郁,寓意深刻

是的,要成为一个像样的诗人
需要像山林这样襟怀开阔
功业未就,而光阴急迫
我该怎样以拿得出手的语言形式
去报答生养我的大地,和大地上的生活

(选自《诗刊》2021年2月号下半月刊)

夜观天象

施 维

北斗星从来不止七颗
左辅右弼明暗异言低调克制
生就怀揣使命深邃迷人

光明也许具有欺骗性
沉香化为青烟隐于夜色
气息暗涌流向沙溪边透凉的茶

钟摆朝着既定命运从不逆反
诸葛亮望银河知命在旦夕
司马懿观苍穹料孔明气数已尽

瞧,满天星斗都在眨眼
明月高悬。不叹姮娥逃离
也不掐指计算隔世情缘是深或浅

你定会腾云驾雾与我相会
不是小满不是芒种也不是夏至
更不是你情我愿的暮暮和朝朝

(选自《中国诗人》2021年5/6期合刊)

蜘蛛人

贺晓玲

蜘蛛人悬在壁上
你看到的展翅
绝没有一颗想飞的心
如果胆敢转身下视
脉搏和心跳的高度
就超越了楼层

起风了
风从故乡来
摇动一棵攀援的幼树
风雨中,晕眩了多久
才能长成拐杖
撑起白发苍苍成云朵

(选自《草原》2021年第10期)

和月色有关的事物

姚 晨

能在月亮下晾晒的事物越来越少
狗尾草，芨芨草，山峦的曲线
坚韧旷达，挺拔的白杨亦是

时间无限的复制
寂静安抚着荒凉
我们坠入这月色的深渊，不能自拔

河流曲折的暗夜，带着一种淡雅的平衡
温柔的明亮
冒险的鸟，引领着内心的序曲

灯火，山风，坠落的流星
是相遇，是放下
是岸沿着河流唯一的执着

尘世把帆落下来 落入夜
星辰把想念落下来，落入大地

（选自《西部》2021年第3期）

与一只羊相约春天

袁 牧

在故乡的绿草坡上
蓝天底下
一只雪白的羊
恬静地吃草
她春水一样的眼睛
真像我手中温暖的诗行

那是天底下最洁白的一只羊
一串一串的阳光下
她的身姿
像雪像云像哈达
像帆行海上　花开陌上
她暖暖地翻滚
春天就莺飞草长
她轻吟小令
三月就开始膨胀

我情愿变成一只羊
陪她咀嚼嫩绿的时光

（选自《十月》2021年爱在丽江中国七夕情诗会接力赛特刊）

午间风景

凌 越

白云像洗刷蓝天的清洁剂,
慵懒的泡沫,
垂青沉默的楼群。
而午间的阳光力透屋宇,
远处的山脉匍匐在地,
大海被挤压成一条粉绿色的线,
我们手扶栏杆,勉强站定。

一艘渡船臣服于彼岸,
午间的空旷震慑人群。
静默!热烈!
两种相反的情绪繁殖着彼此的力量。
巨大的摩天轮转动,
恍如天空的邮戳,
把此刻寄往永生。

(选自诗集《漂浮的地址·凌越诗选》,北京联合出版社2021年10月)

后坪这些树

崔荣德

后坪这些树,吸乌江河水
长大,开一头苦荞花

它们叫长溪沟叫何帮盖
叫聚宝叫官山大元
也叫崔荣德

它们在后坪的草木面前
从不以树自居,甚至
把自己的名字
取名草木

是草,就活像草的样子
是木,就得撑起一片蓝天
后坪这些树一直都是
这么想的,也是
这么做的

(选自 2021 年 10 月 15 日作家网)

如 果

蒋本正

如果
生活给我的是黑夜
我将点亮一盏明灯
照亮书桌

如果
是身处密不透风的围墙内
我将开一扇窗
让阳光照进来

如果
前路满是荆棘
我将用镰刀钢钎
开出一条坦途

如果
现实让理想支离破碎
我也常常仰望星空
邀月共舞

如果
阎王让明天去报到
我也要把今天的酒
干了

（选自《伊犁河》2021年第1期）

倒骑毛驴

程 峰

动车开动之后才发现
座椅是反方向
我背对前方
以155公里的时速奔向深圳
我想到了阿凡提

这让我得以看清
眼前所有的事物
是以何种方式与速度
抛弃了我们
山脉,湖泊,楼宇,落日,炊烟
没有一样东西可以容我挽留
多么高速的流逝啊

而当我们面向前方,看见的却是
远方以及远方的远方
绵绵不绝地奔来
这样会产生一个错觉:
世界永远在前方恭候大驾
我们误以为有挥霍不尽的未来

倒骑毛驴与面向前方所看见的风景
哪一种才是真实的人生?

(选自2021年2月26日"静美与亚当读诗时间"公众号)

神仙居

程世平

我要到神仙居
过几天神仙样的日子
这期间,你们如有来信
我都视为人间的蛊惑

（选自《海燕》2021年第9期）

雨　丝

廖松涛

雨丝将河流织成布匹
布匹被阳光染成绸缎

狗尾草，马齿苋，像线头
试探着寻找属于自己的针孔

向青天借一个纺锤
把行云纺织成流水

（选自《星星·诗歌原创》2021年第4期）